LLUVIA FINA

colección andanzas

Obras de Luis Landero
en Tusquets Editores

ANDANZAS

Juegos de la edad tardía
Caballeros de fortuna
El mágico aprendiz
Entre líneas: el cuento o la vida
El guitarrista
Hoy, Júpiter
Retrato de un hombre inmaduro
Absolución
El balcón en invierno
La vida negociable
Lluvia fina

LUIS LANDERO
LLUVIA FINA

tusQuets
EDITORES

1.ª edición: marzo de 2019
14.ª edición: junio de 2020

© Luis Landero, 2019

Diseño de la colección: Guillemot-Navares
Reservados todos los derechos de esta edición para
Tusquets Editores, S.A. - Diagonal, 662-664 - 08034 Barcelona
www.tusquetseditores.com
ISBN: 978-84-9066-656-2
Depósito legal: B. 2841-2019
Fotocomposición: Moelmo
Impresión y encuadernación: Black Print
Impreso en España

Queda rigurosamente prohibida cualquier forma de reproducción, distribución, comunicación pública o transformación total o parcial de esta obra sin el permiso escrito de los titulares de los derechos de explotación.

Lluvia fina

Para Alejandro, mi queridísimo hijo, mi filósofo valiente.
Siempre en el corazón.

1

Ahora ya sabe con certeza que los relatos no son inocentes, no del todo inocentes. Quizá tampoco lo sean las conversaciones de diario, los descuidos y equívocos verbales o el hablar por hablar. Quizá ni siquiera lo que se habla en sueños sea del todo inocente. Hay algo en las palabras que, ya de por sí, entraña un riesgo, una amenaza, y no es verdad que el viento se las lleve tan fácilmente como dicen. No es verdad. Puede ocurrir que ciertos ecos de los dichos, y hasta de los dichos más triviales, sigan como en letargo durante muchos años, latiendo débilmente en un rincón de la memoria, esperando una segunda oportunidad de regresar al presente para aumentar y corregir lo que no quedó del todo claro en su momento, y a menudo con una elocuencia y un alcance significativo que exceden con mucho a los que tuvieron en su origen. Ahí están, no hay más que verlos, llegan revestidos con extraños ropajes, al son de músicas exóticas, con trazas nunca vistas, y es que traen noticias, grandes y asombrosas noticias, de un pasado que acaso no existió jamás. Y siempre, siempre, los relatos o las palabras que vuelven de los oscuros ámbitos de la memoria llegan en son de guerra, cargados de agravios, y ansiosos de reivindicación y de discordia. Es como si en el largo exilio del olvido hubieran ahondado en sus mundos imaginarios, hurgado en sus entrañas, como el doctor Moreau con sus criaturas monstruosas, hasta sufrir una total, una fantástica metamorfosis. Y así, con su lúgubre cortejo de figuras grotescas, pero a la vez irresistiblemente seductoras, las palabras y relatos de ayer llegan a nosotros e imponen en nuestra conciencia la tiranía, la deliciosa tiranía, de sus nuevos significados y argumentos. ¡Ah!, y eso sin contar los gestos que usamos al hablar, la dimensión teatral de las palabras, y que a veces son más persuasivos que ellas mismas, y las sobreviven en la memoria, de modo que a menudo no sabemos con seguridad si estamos recordando las frases o más bien su puesta en escena, el repertorio de ademanes que las acompañaban, las sonrisas, las miradas, las manos, los hombros, las pausas, el secreto parloteo del silencio y del cuerpo.

Son negras conjeturas que cruzan y agitan la mente de Aurora y ponen un nublado de cansancio en su rostro. Y es que lleva mucho tiempo, casi toda la vida, escuchando historias, confidencias, palabras y palabras dichas siempre en voz baja y en tono airado y dolorido. Son historias que suelen venir de muy atrás, que sucedieron en un tiempo remoto, ya casi legendario, pero que se mantienen tan pujantes y vivas como entonces, si es que no más. ¿Qué habrá en Aurora que despierta enseguida la confianza de la gente y las ganas de sincerarse con ella y de contarle fragmentos antológicos de su vida, secretos que acaso el narrador no ha revelado nunca a nadie? Pero a ella sí. A ella todos le cuentan, todos la quieren, todos le agradecen su comprensión, su manera tan dulce, tan consoladora de escuchar.

Quizá sea un don innato y casi milagroso, porque quien la mira no puede dejar de sonreír, de dirigirse a ella para preguntarle cualquier minucia, cómo se llama, cuál es su signo del Zodíaco o su flor preferida, y por ese camino, todos acaban contándole sus pequeñas alegrías, sus logros, sus tropiezos, y finalmente sus grandes infortunios.

«Así precisamente es como conocí a Gabriel», piensa. De eso hace ya casi veinte años. Se miraron fugazmente al cruzarse en una calle de lo más transitada, y Gabriel se detuvo con un repente de extrañeza, se acercó a ella sorteando a la gente y achicando los ojos como si descifrara algo borroso, le preguntó si no se conocían de antes, ella dijo que no, él se obstinó en que sí y empezó a poner caras memoriosas, seguro que se habían visto en otra parte, o a lo mejor en una vida anterior, o en algún sueño, los transeúntes culebreaban velozmente entre ellos, y luego ya se sabe, déjame adivinar o recordar tu nombre, qué lazo tan gracioso llevas en el pelo, de dónde eres, a qué te dedicas, ¿seguro que no nos conocemos de antes?, y esa misma tarde fueron a un café y Gabriel tomó la palabra y le habló por extenso de sí mismo, sus aficiones, sus manías, sus proyectos de futuro, y luego le contó un buen pedazo de su vida, y ella escuchaba sin el menor signo de fatiga, se alegraba o se afligía a su tiempo, siempre tan atenta al relato, tan entregada a las palabras y a las pausas, tan presta al asombro, tan dócil, tan acogedora. «Nunca, nunca he conocido a nadie tan..., cómo decir, tan especial y tan llena de encanto, tan dulce como tú», dijo al final Gabriel, para cerrar y celebrar el encuentro, y esas palabras fueron el anticipo de una declaración de amor.

Luego la acompañó a casa y, como ella era tan buena confidente, por el camino le habló de la felicidad, su tema favorito, pues no en vano era profesor de filosofía y desde muy joven, casi de muchachito, había leído y pensado mucho sobre este asunto, y conocía bien los caminos que en cada época y en cada sociedad había elegido el ser humano para llegar a ser más o menos feliz. «Qué interesante», dijo Aurora, y ahí Gabriel se animó y dijo que él pensaba que la felicidad se aprende, y ese sería el primer oficio que tendríamos que aprender de niños, como también se ha de aprender a convivir con los contratiempos que nos manda el destino, y que la primera lección de todas consiste en aligerar el alma para poder flotar sobre la vida, y aquí onduló los dedos en el aire como si imitara el fluir del agua, sin que apenas nos hieran las aristas de la realidad, y sin que la adversidad o la fortuna, ni el tedioso discurrir de los días, ni la tentación mortal de anhelar lo imposible, ni el fatalismo, ni las sirenas de los placeres instantáneos, ni sobre todo el terror a la muerte, puedan precipitarnos en el fango de la frustración —y cada pocos pasos se detenía para recrearse en sus palabras y ver cómo ella las embellecía con su atención—, sino al contrario..., pero aquí detuvo su discurso, porque el asunto era demasiado complejo para despacharlo en pocas palabras, y quizá también porque ya habría ocasión —y se sonrojó al decirlo—, si a ella le parecía bien, de hablar con calma de estas cosas. Y como Aurora dio su conformidad, quedaron otras tardes, y así, poco a poco, él le fue proponiendo guiarla por el camino de la felicidad, y ella aceptó y lo siguió dócilmente, y los dos se internaron en el futuro como en un bosque encantado donde acechaban multitud de peligros, él delante, llevándola de la mano para protegerla de cualquier amenaza, como si fuese una niña o una criatura inerme, algo precioso y frágil que había que conducir con enorme cuidado, y de esta forma y paso a paso, he aquí que ya llevaban veinte años avanzando por aquel camino, pero sin llegar nunca a ninguna parte, cada vez más erráticos e incrédulos, y ya perdido definitivamente el norte de la felicidad. Para que luego digan que los relatos son inocentes y que a las palabras se las lleva el viento.

Y ese don innato lo ha tenido siempre. Todos los que tienen algo que contar, vienen a contárselo a ella. A lo mejor es por su aire apacible y un poco melancólico y por su manera de sonreír y de mirar. «Qué sonrisa tan triste y tan bonita tienes», «Qué expresión tan tierna hay en tu cara», «Qué gusto da mirarte», «Cuánto brillan tus ojos», le han dicho muchas veces. «Demasiadas, demasiadas veces», piensa, y entonces, con un temblorcito y un suspiro regresa de nuevo a la realidad. Está empezando a atardecer, y hace ya rato que se fueron los niños. Salieron en orden y enseguida a la desbandada, con sus gritos, con sus mochilas, con sus disfraces y máscaras de carnaval. Desde fuera del aula, por la ventana, le dijeron adiós, le hicieron morisquetas y burlas, y ella los siguió oyendo hasta que sus voces fueron solo un espejismo en la distancia. Y ahora ha pasado el tiempo y ella sigue allí, no sabe bien por qué. «¿No te vienes, Auri?», le ha preguntado una compañera, asomándose apenas al entreabierto de la puerta. Y ella ha contestado que sí, que dentro de un ratito se irá, que antes quiere dejar corregidos algunos ejercicios. Pero aún no se ha ido ni ha corregido nada. Ha ordenado las mesas y las sillas, ha recogido los dibujos, ha seleccionado algunos y los ha colgado en los paneles de corcho que ilustran las paredes. Huele a vainilla, a plastilina, a goma de borrar, a orines, a tinta de rotulador. Luego de repente se queda otra vez quieta, con los ojos perdidos en la luz declinante del día, como absorta en un pensamiento que revolotea por su mente sin dejarse atrapar.

¿Qué estaba pensando hace un momento que era tan importante y que ha olvidado de repente? ¡Ah, sí!, ya recuerda. Las historias que todo el mundo le contaba, eso es. Y el caso es que a ella nunca le importó escuchar a los demás, dejarlos que se desahogaran y aliviaran con la relación de los viejos recuerdos que los iban carcomiendo por dentro, porque es verdad que contra las pesadumbres ya irreparables del pasado no hay mejor elixir que exponerlas sin prisas ante un auditorio indulgente e incluso solidario —¡qué tendrá la narración que nos consuela tanto de las culpas y errores y de las muchas penas que los años van dejando a su paso! Así fue siempre, y siempre Aurora lo aceptó con gusto y sin reparos, pero últimamente están pasando cosas raras, porque cuando escucha, cuando interpreta su viejo papel de confidente sentimental, a veces de pronto se da cuenta de que su mente, como le ocurre ahora, está ya en otra parte, no fija en una idea sino dispersa en el mero vacío, y las palabras que le llegan a veces se transfiguran en un lenguaje extraño, en una bulla de crepitaciones, de pitidos de alarma, de chiflidos, de balbuceos, de palabras rotas, como las interferencias de esas emisoras de radio que transmiten desde lugares muy lejanos. Entonces se siente descorazonada, y siente que de algún punto recóndito de su conciencia viene como una invitación al fastidio, a la discrepancia, a una furia sorda que por momentos se hace incontenible. «¿Estaré volviéndome loca?», piensa.

Y es que últimamente parece que todos se han puesto de acuerdo más que nunca para contarle sus pesares. La llaman por teléfono o le ponen wasaps y correos a casa, al colegio, cuando va por la calle, cuando está corrigiendo exámenes o leyendo una novela o viendo una película, o ayudando a Alicia en sus deberes, cuando empieza a dormirse tras una jornada agotadora. Todos los días a cualquier hora. Y eso sin contar a Gabriel, que no sabía hablar de otra cosa que de la fiesta que le iban a organizar a mamá por su ochenta cumpleaños. Y como cada cual, además de lo suyo, le cuenta también lo que dicen los otros, todas las versiones de todas las historias terminan confluyendo en Aurora. Ella es en realidad la única dueña absoluta del relato, la que lo sabe todo, la trama y el revés de la trama, porque solo a ella le confían y le cuentan, con todo tipo de detalles, y sin vergüenza ni reparos, todos y cada uno de los implicados en esta historia que empezó siendo trivial y hasta festiva y que ha acabado en ruina y en desastre, como ya intuyó ella desde el primer momento.

Y ahora resulta que, por primera vez en su vida, también ella tiene una historia que contar, y con gusto se la contaría a alguien, pero no tiene a quién, y quizá tampoco ella sepa contarla, porque le faltan fuerzas para concentrar la memoria en un punto y enseguida pierde el hilo y los episodios se le desarman y se le mezclan como si alguien los barajase a mitad de partida. Lo que sí recuerda con exactitud es el momento en que empezó todo. Fue el viernes pasado, hace solo seis días, cuando a Gabriel se le ocurrió la idea de que el cumpleaños de mamá era una ocasión única para hacerle una fiesta y para que la familia, toda la familia, se reuniera de nuevo, después de tanto tiempo de andar desperdigada, y saldaran de paso todas las viejas y pequeñas deudas, y todos los agravios, que cada uno guardaba, o más bien atesoraba, en el fondo de su corazón, y que los habían alejado y casi enemistado desde antes incluso de abandonar la casa materna. Aurora pensó que, como todas las suyas, sería una idea aparatosa y efímera, y que en el poderoso impulso inicial estaría ya el germen del breve e inútil salto en el vacío.

—Lo haremos aquí en casa —dijo—. Yo me ocuparé de todo, y por supuesto también de la comida —y se puso a organizar la fiesta con una ilusión que Aurora no le conocía desde hacía tiempo, y que le resultaba dolorosamente familiar.

Durante varios días anduvo a vueltas con el menú, comentándolo y discutiéndolo, quitando y poniendo, renovando la vieja afición de gourmet que había cultivado en una de sus tantas épocas de euforia, porque quería sorprender a todos con sabores nuevos, con cosas ricas que no hubieran probado nunca, para crear así desde el principio un ambiente insólito que los incitara también a conversaciones nuevas y a nuevos modos de humor y de talante.

«Algo exótico pero a la vez tradicional», explicó, bocados exquisitos, y novedosos, pero donde los comensales encontraran reminiscencias clásicas con las que reconocerse y congraciarse. Y habló de mollejas de pato, de hígado de rape, de erizos de mar, de algas y ostras, de uvas rellenas de foie, de espuma de hinojo, de pétalos de calabaza, de tripas de bacalao, de carpacho de bambú y de boniato, de cortes de auténtico Kobe, de cien tipos de salsas y de postres, y escuchándolo, Aurora sintió una mezcla de lástima y de rabia y hasta le entraron ganas de llorar, pero cerró los ojos y respiró hondo haciendo acopio de paciencia y al final forzó un gesto entre goloso y resignado de complacencia y hasta de admiración.

Entonces él, llevado por el ansia del momento, dijo:

—Voy a llamar a Sonia.

Aurora intentó disuadirlo:

—Espérate a mañana. ¿Qué prisa tienes? ¿O es que ya no te acuerdas de que es malo dejarse arrastrar por los impulsos?

—¡Qué tontería! A cualquier cosa le llamas tú impulso. ¿Qué misterio puede haber en algo tan simple como la celebración de un cumpleaños? Ahora mismo la llamo. Y luego llamaré a los demás. A Andrea, a mamá, a Horacio, a las niñas y a todos.

Estaba de pie frente a ella, y según hablaba había ido abriendo los brazos como maravillado de la obviedad de sus palabras.

—No llames todavía —dijo Aurora—. Espera al menos a que Alicia se duerma.

Porque ella era la única que conocía los secretos de todos y cada uno de ellos, y sabía que los pequeños y viejos rencores, por viejos y pequeños que fuesen, estaban latentes en la memoria, al acecho, esperando la ocasión de volver al presente, renovados y recrecidos, rescoldos aún tibios que el menor viento podía avivar en llama, o como esas historias en cuyo planteamiento, inocente o cómico en apariencia, está ya la semilla de un final desdichado. Y también sabía o intuía que, si los rencores y agravios habían permanecido aletargados hasta entonces, es porque apenas hablaban entre ellos, solo de tarde en tarde y por teléfono para felicitarse los aniversarios y las Pascuas, o contarse alguna novedad. Y estaba bien que fuese así, pensaba Aurora, para que el viento no desatase la furia de las brasas, para que la historia no se pusiera en marcha y se precipitase ciega hacia su desenlace. Y eso que se querían mucho, o eso decían al menos, pero no tanto entre ellos como por persona interpuesta, y esa persona era siempre Aurora. «Yo quiero mucho a Gabriel», le decía Andrea, «Ella cree que no, pero yo siempre he querido con locura a mamá», le confesaba Sonia, «En el fondo mi hija preferida fue siempre Andrea», le contaba la madre, «Yo sigo enamorada de Sonia como el primer día», se sinceraba con ella Horacio. Y era bueno que se quisieran, sí, pensaba Aurora, pero a distancia y en silencio, porque en cuanto hurgaran en las entrañas de ese amor empezarían los retintines, las burlas, los reproches, las acusaciones, las malas palabras, y todo el pasado saldría de la memoria en un crescendo quién sabe si imparable y sin fin. Por eso le dijo una vez más, casi implorando:

—No, por favor, espérate un poco. Vamos a ver un rato la televisión y luego llamas, qué más te da un poco antes que después.

Pero Gabriel ya había marcado el número y tenía el teléfono en la oreja, y hasta se había arrellanado en el sofá para mejor hablar con desenfado y a sus anchas.

«A lo mejor es que tengo algo de bruja», piensa, y se queda quieta en mitad del aula, como intentando recordar algo que iba a hacer pero que de repente se le borró de la memoria.

2

Si no recuerda mal, los padres se casaron en 1966. Se llamaban Gabriel y Sonia. Hay una foto de la boda: el padre es menudo, calvo y risueño; la madre posa erguida, con la barbilla pujante, los labios apretados por obra de una voluntad férrea, y la mirada suspicaz. En 1968 nació la primera hija y le pusieron Sonia. En 1970 nació la segunda y le pusieron Andrea, en memoria de la abuela materna, y en 1973 nació el hijo, al que nombraron Gabriel. Esa fue la primera afrenta que recibió Andrea. El pecado original. Porque a ella le correspondía por derecho de sucesión el nombre de Gabriela, y así le hubiera gustado llamarse, como su padre y como el Gran Pentapolín, su ilustre antepasado (príncipe de los mares, músico y políglota, mago de los disfraces y soñador errante, cuya patria fue el mundo), Gabriela, y no como su abuela materna, de la que nada se sabía porque no había dejado la menor huella de su vida, ni siquiera una fotografía, o una anécdota, o una reliquia, ni siquiera eso, solo un nombre flotando náufrago en el mar del olvido. Pero la madre guardó el nombre de Gabriel para el hijo, el predilecto, el afortunado, el escogido, el único niño del mundo que nació riendo y con un único objetivo en la vida, ser feliz, y al que Andrea no recuerda haberlo visto llorar nunca, porque jamás tuvo ningún motivo para el llanto. Imposible: ni siquiera en la imaginación puede verlo llorar. «Perdona, Auri, que sea tan sincera contigo, pero ya me conoces y ya sabes que yo soy incapaz de mentir. Y menos a ti. Y además yo a Gabriel lo quiero una barbaridad, y me alegro mucho de que sea tan feliz.»

Andrea sin embargo había llorado mucho. De hecho, había empezado a llorar en serio con dos años, quizá tres, cuando su madre un día la abandonó. Hizo el equipaje y se fue con su maleta, tiesa como un palo, los labios prietos, el moño duro, los pasos recios, dando un portazo, y allí la dejó sola y abandonada, con dos o tres años, y desde entonces nunca le había faltado algún motivo para llorar. Sonia también lo había pasado mal, también había llorado mucho, pero a cambio había tenido la suerte, según Andrea, o mejor dicho, la inmensa fortuna, de casarse con Horacio y de tener a Horacio para ella sola y para siempre. Y eso también fue culpa de la madre, según Andrea. Según Andrea, Horacio estaba secretamente enamorado de ella, de Andrea, y hubieran sido muy felices juntos, pero la madre decidió que fuese Sonia, y no ella, quien se casase con Horacio. De esa forma consiguió hacer desdichados a los tres a la vez, porque Horacio y Sonia se separaron a los tres años de casados, y ella, Andrea, y también Horacio, se quedaron para siempre huérfanos de amor.

Así que ni Andrea ni Sonia han conocido apenas la alegría. Y la madre tampoco, ella todavía menos. La madre tenía ya de por sí un carácter tenebroso, pero es que además decía, y no se cansaba de repetir, que la alegría trae mala suerte porque detrás de la alegría acecha siempre la desgracia. «Los llantos los oye Dios y la risa el diablo», solía decir, a veces sin venir a cuento, y que era una especie de refrán que ella se había inventado para su uso personal, es de suponer que inspirada en su propia experiencia. Mientras vivió el padre, sí hubo risas y fiestas, pero cuando el padre murió, en 1980, la tristeza llegó a casa y allí se quedó ya para los restos. He ahí un ejemplo de esa ley tan antigua y probada que no necesita más argumento que su propia evidencia: el padre era la viva personificación de la alegría y, en efecto, después de la alegría, atraída y guiada por el sonido de las risas, llegó inexorable la desgracia. Por conocer, según Sonia y Andrea, la madre no había conocido tampoco el amor. La madre se casó con el padre como hubiera podido casarse con otro, con cualquiera, porque ese era su destino de mujer, casarse con un hombre, qué importa cuál. Gabriel dice, sin embargo, que esa conjetura es del todo arbitraria, y que Sonia y Andrea la han urdido, como otras muchas, para vengarse de mamá y restañar así las heridas de su propio rencor.

Pero el caso es que, con amor o sin él, se casó. «Con todas las mujeres que hay en el mundo, y tuvo que ir a casarse con mamá», solía decir Andrea y suscribir Sonia. Hacia 1975 o 1976 consiguieron juntar entre los dos —porque la madre también trabajaba, de practicante y de callista— para la entrada de un piso y se fueron a vivir al barrio de La Latina, y allí vivirían hasta la disolución final de la familia, y allí seguía viviendo la madre, sin alegría, sin amor, entregada solo al ciego trámite de llevar con decoro la dura condena de vivir.

Y he aquí que el piso tenía un trastero en el sótano y que en ese trastero encontraron abandonado un cuadro al óleo, muy grande y con un marco dorado y de gran porte. La madre pensó de inmediato en venderlo, al menos el marco, pero el padre dijo que no, que aquello era un regalo del destino que de ningún modo se podía rechazar, y decidió ponerlo en el salón, presidiendo. Era la imagen enaltecida e imponente de un hombre ya casi viejo pero apuesto y marcial, ataviado con un uniforme de gran gala de los tiempos de Napoleón —entorchados, galones, borlas y charreteras, el pecho constelado de condecoraciones, y otras mil fantasías militares, en una mano el sombrero encrestado de penachos de plumas y la otra atenta al puño de la espada—, y la mirada idealizada y perdida en épicas, románticas lontananzas.

Juntó a los hijos, que cabían los tres debajo de un dedal, y les dijo, y de esto se acuerda muy bien Andrea, que entonces andaba por los cinco o seis años: «Ese es vuestro tatarabuelo paterno, que se llamaba Gabriel, como yo y como Gabrielito, pero que pasó a la historia con el sobrenombre inmortal del Gran Pentapolín». Y ellos, los niños, no solo lo creyeron sino que se sintieron orgullosos de su antepasado, y aún más cuando el padre les contaba las andanzas fabulosas, unas heroicas y otras medio cómicas, de aquel hombre sin par. El padre, que era representante de maquinaria agrícola, nunca volvía de sus giras sin traer historias nuevas que contar. Porque lo que más le gustaba en el mundo, y que le salía de un modo natural, sin esfuerzo, era inventarse historias, que a veces se atribuía a sí mismo en sus correrías por Guadalajara, Cuenca o Ciudad Real, y más a menudo y con más altos vuelos al Gran Pentapolín —o al Gran Arkadi, o al Gran Ferriols, o al Gran Donovan, o al Gran Furcas, e incluso al Gran Currinchi, y otros muchos nombres que iba adoptando el héroe según de dónde soplasen los vientos propicios o adversos de la vida. Y, al igual que sus nombres, aquel hombre reunía en sí mil destinos. No había límites para aquella alma libre. El laberinto del mundo era su patria natural. Un día era almirante en los mares del Norte, otro día era pirata en los del Sur, luego explorador y científico y cazador en África, más allá músico ambulante en la India o gánster en Chicago, y tan pronto era inmensamente rico como pobre de solemnidad, y todo al arbitrio de la inspiración del narrador según se iba inventando cada historia. Un pez que descubrió en el Amazonas pasó a llamarse el pez Furcas, y había el pájaro Arkadi, y la isla Ferriols, o el volcán o el oasis o la planta o la estrella que iban surgiendo de la boca del padre como del sombrero sin fondo de un prestidigitador.

De todo esto se acuerda muy bien Andrea, pero Sonia y Gabriel lo han olvidado casi todo. En lo que sí coinciden los tres es en las dotes maravillosas de actor que tenía el padre. Porque el antepasado, igual que tenía muchos nombres, usaba también de distintas personalidades, según lo pidieran las aventuras o lo obligaran los peligros, y en cada ocasión se disfrazaba con tal verismo que resultaba irreconocible hasta para sus propios camaradas. Y así, podía pasar por embajador de la China, por lord inglés, por sultán de la Gran Arabia, por patriarca gitano, por ciego o jorobado, por viejo pordiosero y hasta por dama de alta alcurnia. Y lo mismo que su antepasado, también el padre tenía una facilidad pasmosa para disfrazarse e ilustrar así el cuento con cualquier cosa que encontrara a mano, y si en las aventuras había bailes y cantos, él cantaba y bailaba como un profesional, y si aparecía un instrumento musical, lo imitaba a la perfección, y lo mismo el viento, las olas, las tormentas, las armas de fuego, la voz de los animales, y sabía darle a cada personaje su propio e inimitable acento, y fingía con tal verosimilitud las muchas lenguas que salían en los relatos, que los hijos creyeron durante mucho tiempo que las hablaba de verdad. «De ahí me vino a mí la afición a los idiomas y a los viajes», contaba Sonia. Y Andrea: «Yo quería dedicarme a la música por papá y por el Gran Pentapolín, que tocaba igual de bien el violín, la guitarra y el acordeón».

Este episodio fundacional, origen de tantas esperanzas, frustraciones y angustias, y que es una prueba más de que las historias, por fantásticas que sean, no son nunca inocentes, se lo habían contado a Aurora los cuatro, Gabriel, Sonia, Andrea y la madre, cada cual a su modo, y no una sino muchas veces, enriqueciéndolo con nuevos detalles, con nuevos recuerdos rescatados a última hora del olvido, de manera que, al final, Aurora tenía una idea más bien embarullada, entreverada de versiones que le bullían en la memoria y formaban escenas grotescas, ridículas, absurdas... Y mientras el padre se entregaba a los placeres de la narración, del juego y del teatro, la madre iba y venía con su pequeño maletín negro de practicante y de callista, siempre erguida y severa, los labios fruncidos ante el panorama sombrío de la vida, ajena y quizá recelosa de los alegres desatinos de su marido y de sus hijos. Se encerraba luego en la cocina a preparar el almuerzo o la cena, y cuando llamaba a la mesa, justo en ese instante volvían todos desencantados de los embelesos de la ficción al mundo adulto de la realidad. «Yo sé», le decía Sonia a Aurora, «que papá se inventó todo aquello para divertirnos, y porque era como era, un soñador con alma de artista, pero fue como un anticipo de todas las mentiras que vinieron después. Yo creo, Aurorita, que aquellas historias nos infantilizaron para siempre. Nos quedamos todos cautivos en la niñez.» En cuanto a la madre, se limitaba a decir que su marido era un hombre educado y trabajador, como sugiriendo que esas cualidades lo absolvían de sus tontunas y quimeras. Pero, sea como sea, Sonia y Andrea recuerdan la época del padre como el paraíso del juego y de las risas, y del vivir confiado y feliz. Las dos piensan también que, de no haber muerto, las cosas hubieran sido muy distintas, y que es posible, casi seguro, que todos hubieran podido realizar sus proyectos, cumplir sus sueños. Y hubieran sido incluso una familia armónica y feliz.

Pero murió, y entonces la casa se volvió para siempre un lugar triste. Cada día, cada momento, estaba presidido por el espíritu fatalista de la madre. De pronto, el futuro se convirtió en una amenaza incesante. A todas horas se rendía culto al miedo. Miedo al hambre, miedo a las guerras, miedo a las enfermedades, miedo a la pura adversidad, miedo a vivir con algún desahogo o a hacer algún derroche porque el destino termina siempre castigando la buena suerte de los pobres. ¿Cómo olvidar la letanía de sus frases dolientes? «Cuando me ingresen», «Cuando no tengamos qué comer», «Cuando estalle otra guerra», «Cuando me quiten la pensión», «No os hagáis ilusiones», «No os fieis de nadie», «No abráis la puerta al primero que llame», «De todo lo que os digan no os creáis ni la mitad». Y de vez en cuando, encerrando su filosofía en una sentencia irrefutable: «Cuanto más se vive, más se sufre». Y sobre el padre: «Tanto vivir con alegría, tanto disfraz y tanto canto, tantas fábulas y tantas niñerías, tanto hacer un mundo de cualquier cosa, ¿y al final qué? Al final las pagó todas juntas».

Así era la madre, según Sonia y Andrea, pesimista, agria y dominante. Pero Gabriel no pensaba lo mismo. «Mamá no era así, ni mucho menos. Mamá nos quería mucho a todos, y a todos por igual, y lo único que hizo en la vida fue trabajar para sacarnos adelante.» Y recordaba que nació durante la guerra, que perdió a su padre y a su hermano mayor, que pasó hambre y miedo, y que salió de la infancia con la lección bien aprendida. Quizá por eso era una mujer realista y abnegada. «No todo el mundo tiene que ser alegre ni simpático. Es verdad que Sonia y Andrea no tuvieron suerte, sobre todo Sonia, que era muy buena estudiante, y además la casaron casi a la fuerza con Horacio, ella sí es una víctima, no como Andrea, pero ninguna de las dos es justa con mamá.»

Durante muchos años, Aurora ha escuchado el incesante oleaje de esas historias familiares, con atención y con paciencia, dándole a cada cual su parte de razón y de consuelo, comprendiéndolos e intentando conciliarlos a todos, sin abandonar nunca su discreto papel de oyente. A Aurora no le gusta juzgar, y más que buscar la verdad entera al trasluz de las almas, se conforma con las pequeñas verdades que en su aluvión arrastran consigo las apariencias. Pero siempre ha intuido que los relatos no son inofensivos, y menos aún cuando se entrelazan como en una rebatiña de perros donde todos se disputan a dentelladas los magros huesos de la verdad. Mejor no hablar, mejor no remover las aguas siempre voraginosas del pasado. Por eso le había dicho, le había rogado a Gabriel: «No llames aún. Espérate al menos a mañana». Pero él no la escuchó, ofuscado como estaba por su idea de organizarle una fiesta a mamá, sino que con la mano le impuso silencio, y se aclaró la voz con un carraspeo profesoral.

3

—¿Una fiesta? —dijo Sonia—. Pero si a mamá no le gustan las fiestas. Ya sabes lo que piensa. Que detrás de las fiestas vienen las desgracias.
 —Pero si es solo una comida de cumpleaños —dijo Gabriel.
 —Ya. Pero a esa comida iremos todos, ¿no?
 —Sí, claro, de eso se trata, de reunirnos todos después de tanto tiempo. De darle esa alegría a mamá.
 —La verdad, no me imagino a mamá alegre.
 —Bueno, cada cual tiene su manera de expresar la alegría.
 —Y si vamos todos —dijo Sonia—, vendrá también Horacio, ¿no?
 Y ahí Gabriel se calló con un educado carraspeo y, discretamente, casi gentil, se echó a un lado de la conversación, como si se apartase para ceder el paso a un impedido o a un tropel de muchachos.
 —Estaba pintándome las uñas porque iba a ir con

Roberto a cenar a un restaurante coreano —le contaría al día siguiente a Aurora—. Con lo bien que estoy ahora con Roberto, y a tu marido no se le ocurre otra cosa que juntarnos a todos a comer. Si quieres que te diga la verdad, yo también me he vuelto supersticiosa, y tengo miedo a las fiestas, a las euforias, a que los dioses oigan nuestras risas y nos castiguen con alguna desgracia.

—Déjame que te diga —dijo Gabriel en plan festivo— el menú que he pensado, a ver qué te parece. —Y se lo recitó—. ¿Qué tal?

—Muy bien, muy rico todo, aunque no sé si a mamá le gustarán esas exquisiteces. Ya sabes lo rarita que es. Y ya verás como enseguida empieza a preguntar cuánto ha costado cada cosa y a lamentarse y a protestar por el derroche. El dinero ha sido siempre su obsesión. ¡Ah!, y recuerda que Andrea es vegetariana.

—¿Cómo que vegetariana? ¿Desde cuándo?

—Desde hace ya mucho tiempo. ¿Cuándo hablaste con ella la última vez?

—La llamé hace..., no me acuerdo, pero no me contó que era vegetariana. ¿Y es totalmente vegetariana?

—Seguro que sí. Ya sabes cómo es ella, que de cualquier cosa hace una religión.

—Pues entonces prepararé algo especial, no hay problema. Por ejemplo, hamburguesas de berenjena, buñuelos de calabacín, milanesas de...

—No va a querer. Por nada del mundo va a consentir que te sacrifiques por ella. Al contrario, será ella la que se sacrifique por ti y se comerá todo lo que le pongas, con cara de asco pero todo, y rebañará el plato hasta sacarle brillo, ya verás. ¿O es que no la conoces?

—Parece mentira, con lo listo que es, con tanta filosofía como ha estudiado, y qué poco conoce a la gente que tiene alrededor. Y eso de que no llame a Andrea más a menudo, no sé qué piensas tú, Aurorita, pero yo creo que no está bien. A mí si no me llama me da igual. Yo estoy curada ya de espantos. Pero Andrea tiene problemas psicológicos, ha sufrido mucho y se encuentra muy sola, y Gabriel debería saberlo y estar un poquito pendiente de ella.

—Bueno, ya veremos —dijo Gabriel—, no vamos a enredarnos ahora en menudencias. Y tú, ¿qué tal?, ¿qué tal por la agencia?, ¿qué tal las niñas?, ¿qué tal Roberto?

—No son menudencias —subrayó Sonia, suave pero enfática—, no sé por qué dices que son menudencias. Andrea lo está pasando muy mal, siempre lo ha pasado muy mal, y eso no es una menudencia. No todo va a ser Platón o Aristóteles.

—No quería decir eso, mujer. Me refería solo al menú, nada más.

—Si ya lo sé, tonto. Si ya sabes que yo te digo las cosas con mucho cariño.

—Me dio la impresión de que se enfadó un poco conmigo porque le dije lo de las menudencias. Tú lo sabrás mejor que yo, pero a mí me parece que Gabriel lo ve todo muy fácil. Ya sé que está lo de Alicia, que es bastante castigo, pero yo creo que hay gente que ha nacido para ser feliz, y ese es el caso de Gabriel, y creo que también el tuyo, ¿no? Anda, boba, no me digas que no.

Y Aurora no le dijo que no. Aurora solo escuchaba, se mordía los labios, intercalaba frases eclécticas, comprendía, aceptaba, ofrecía algún consejo, acompañaba a cada cual en sus alegrías y en sus tristezas, y nadie le preguntaba nunca nada, quizá porque nadie sospechaba que acaso ella también tuviese algo que contar, algún júbilo, alguna pena, y no digamos algún secreto o una pequeña historia sacada y moldeada con el barro diario de la vida, como les pasaba a los demás, que apenas vivían algo, por insignificante que fuese, enseguida corrían a contárselo a alguien, con todo tipo de detalles y de adornos imaginarios, y seguro que vivían la narración con más ímpetu y verdad que la propia vida, ¡qué capacidad de fabulación tenía la gente para convertir en relato apasionante todo lo que tocaba!

—Pero ¿qué me decías? Se me ha olvidado.

—Nada —a Gabriel le salió una voz ridícula—, que qué tal estáis.

—Con lo de las menudencias, bien claro estaba que yo me refería al menú y no a Andrea, pero Sonia aprovechó para tomar el mando de la conversación y empezar su retahíla de reproches. Qué difícil es hablar con ella, y no digamos con Andrea.

—Ya te dije que lo pensaras bien antes de llamar. En tu familia hay que tener muchísimo cuidado con las palabras. En tu familia las palabras nunca son inocentes.

—Ah, pues bien, tirando. Las niñas bien. Azucena está ahora en una ONG, captando clientes, y Eva se ha ido a vivir a Parla con su novio. Su novio es mecánico y tiene un pequeño taller de motos. Pero, ya sabes, ahora las cosas les duran muy poco a los jóvenes. Continuamente cambian de pareja, cambian de trabajo, cambian de piso, y cuando las cosas les van mal, pues se vienen una temporada a vivir a casa. Es gracioso que una sea periodista y otra bióloga. Es todo muy gracioso. Y luego están los viajes. Tienen amigos en todas partes, y ahora con las compañías *low cost* de pronto agarran la mochila y se van a los lugares más lejanos y exóticos. De pronto te ponen un wasap desde la India o desde Canadá. Es difícil de entender. No tienen dinero, no tienen trabajo, no tienen nada, pero viajan por todo el mundo sin parar. Son como parias nómadas.

—Es verdad. Ahora viajar es casi una condena. ¿Y tú, qué tal?

—Como siempre, trabajando en la agencia. Y luego Roberto, claro. Por cierto, ¿tú has leído *Las verdes colinas de África*?

—No.

—Pues deberías leerlo, está muy bien. A mí me lo regaló Roberto. Ya sabes que él quiere que vayamos a Kenia de viaje de bodas. Por eso te preguntaba si a la fiesta de mamá irá también Horacio.

—Bueno, es el padre de las niñas.

—Sí, pero yo no quiero ver a Horacio, ni ver cómo mamá y él se miran arrobados, como si fuesen novios. Mamá es la que tenía que haberse casado con él, no yo.

—Pero también puede ir Roberto. Es una ocasión perfecta para que conozca a mamá, a Andrea, a Aurora y a las niñas.

—Por nada del mundo quiero que Roberto conozca a Horacio. No quiero que sepa con qué tipo de hombre me casé.

—No sé cómo Gabriel no pensó en eso, en lo diferentes que son Roberto y Horacio, y en lo violento que sería para mí ese encuentro. Y tampoco quiero que Horacio conozca a Roberto. ¿Sabes? Yo no sé si por orgullo o por qué, pero cometí el error de hablarle a Horacio de Roberto y desde entonces siempre que puede me pregunta cosas de Roberto, y hasta me ha pedido que le enseñe alguna foto suya. Horacio es un pervertido. De verdad, créeme. A lo mejor alguna vez te cuento la verdadera historia de Horacio. No sé si me atreveré, porque me da mucha vergüenza, pero de contársela a alguien, solo te la contaría a ti. Por eso, al oír a Gabriel, me dieron ganas de tirar el esmalte contra la pared. Yo sé que tú me entiendes, Aurora. Creo que Roberto y tú sois los únicos que me entendéis en este mundo.

—Vale, pues entonces que no venga Roberto.

—¿Y qué le digo?

Gabriel se tomó su tiempo para responder.

—Lo mejor —y, sin querer, bajó el tono de voz— es que no le digas nada.

—¿Que no le diga nada? —se sulfuró Sonia, con un gallo de enojo en la voz—. ¡Es la fiesta del ochenta cumpleaños de mamá y tú me dices que no le diga nada! Precisamente tú, que siempre has predicado que en la vida hay que ser auténtico y sincero. Roberto y yo hemos hecho un pacto, el de no mentirnos nunca, porque en su anterior matrimonio también él vivió en la mentira, como yo y como casi todos, y desde luego no seré yo quien rompa el pacto en la primera ocasión que se me pone a prueba. Nunca traicionaré a Roberto. En el verdadero amor no caben la deslealtad ni la mentira.

—Lo comprendo, y comparto todo lo que dices. Me parece admirable. Pero le puedes decir la verdad, y decirle que quizá este no sea el mejor momento para que conozca a la familia. Seguro que él lo entenderá.

—¿Y por qué tiene que venir Horacio a la comida y no Roberto? ¿Por qué?

—Ya lo sabes, porque es el padre de tus hijas —y

volvió a salirle una voz ridícula, de niño desaplicado ante el severo ceño del maestro.

—Pero llevamos casi treinta años divorciados.

—Ya. Mira, quizá lo mejor es que no venga ninguno de los dos.

—¿Que no venga Horacio? ¡Qué cosas dices! Eso no lo va a consentir mamá. Y desde luego Andrea tampoco.

—Siempre les podemos decir que está de viaje, o indispuesto...

—Pero ¿es que no sabes que mamá y Andrea hablan con Horacio casi todos los días? No, esa mentira es imposible. Además, ya estoy cansada de mentiras. Ya no aguanto una mentira más.

—Pero ¿de qué mentiras hablas? —dijo Gabriel en un tono neutro, como solicitando información.

—De todas, empezando por cuando éramos niños y papá nos contaba que aquel hombre del cuadro era nuestro antepasado.

—Pero ¡si aquello era solo un juego! Como los cuentos de ogros y dragones. Además, en todas las familias hay mentiras, y también en el amor y en la amistad, entre otras cosas porque para convivir es necesario que cada cual tenga sus secretos —y aquí Gabriel elevó el tono y se puso en plan doctrinal—, y es que en gran parte somos nuestros secretos. El perro su pan escondido, el pájaro su nido, el zorro su cubil, el cura los pecados de sus feligreses, el mandatario los secretos de Estado, los enamorados el trémulo fervor de sus miradas a hurtadillas de los demás. No hay nadie que no se lleve un secreto a la tumba, y no hay mayor gloria para un secreto que morir sin haber sido desvelado. La sinceridad, llevada al fanatismo, solo puede conducir a la destrucción. Y, además, ¿para qué remover ahora el pasado? Las aguas del pasado siempre bajan turbias y, lo que es peor, enturbian también las del presente.

—Tú lo sabes mejor que nadie, Auri. Cuando Gabriel se pone a filosofar, siempre tiene razón. Y, la verdad, se me estaba haciendo tarde para la cita con Roberto. Así que le pregunté: «Oye, y hablando del presente, ¿tú sabes algo de la comida coreana?».

—No, pero te lo puedes imaginar. Arroz, soja, pollo, fideos, mariscos, tofu...

—Está bien —dijo Sonia—, yo no quiero chafarte la idea del cumpleaños. Si ha de haber fiesta, que haya fiesta. Y si mamá y Andrea se empeñan en que vaya Horacio, pues yo me sacrificaré, como Andrea con la carne. Ya le diré a Roberto lo que sea. Menos una mentira, cualquier cosa.

—Estupendo. Entonces voy a llamar a Andrea y luego te lo cuento.

—Vale, ya me contarás.

—La verdad, Aurora, yo por mí le hubiera dicho que se olvidase de la fiesta. Pero lo vi tan ilusionado... ¿Y qué tal estás tú? ¿Qué tal Alicia?

—Pues ya sabes, con su terapia y sus cositas.
—A ver si mejora.
—Ojalá.
—Seguro que sí. Y a ver si puedes quitarle de la cabeza a Gabriel lo del cumpleaños, y que cada cual vaya a ver a mamá por su cuenta y le lleve un regalo, como hemos hecho siempre.
—Yo pienso lo mismo. Mejor que no haya fiesta.
—¿Verdad? A ver si entre las dos lo conseguimos. ¡Ay, qué gusto da hablar contigo! De verdad, eres ideal, Auri. Un besito para todos.

4

Cuentan Sonia y Andrea que durante el velorio del padre ellas lloraron hasta la extenuación, y unos más y otros menos también lloraron los familiares y allegados y compañeros de la empresa, y que hasta Gabriel, con sus pocos años, también lloró, quizá inspirado más por el asombro y el miedo que por el dolor, pero que la madre, en cambio, no soltó ni una lágrima. En todo momento se mantuvo erguida y con el mismo gesto inescrutable. Los labios finos y apretados, el moño duro, las manos firmes en el regazo, la mirada al frente, fija en ninguna parte. Durante el tiempo que lo velaron en el salón de casa, la inmovilidad de la madre parecía hacer juego con la estampa formidable del Gran Pentapolín, que presidía la escena. Y cuentan ya de paso que nadie había visto llorar nunca a la madre, y no porque fuese feliz, como en el caso de Gabriel, sino por la dureza de su carácter, y por su corazón fatalista y hermético. O, a lo mejor, cuenta Gabriel, es que de niña lloró todo lo que había que llorar y allí se le acabaron para siempre las lágrimas.

Y dicen, y en esto concuerdan los tres, que al día siguiente del entierro lo primero que hizo fue descolgar el cuadro del salón, desmontar el lienzo del marco, rasgarlo en pedazos y tirarlo hecho un burujo a la basura. El marco lo reservó para venderlo. En todo momento actuó sin prisas, con exacta y fría determinación, y al final se volvió hacia los hijos, que habían contemplado atónitos aquella acción incomprensible, y les dijo sin más que aquel hombre del cuadro ni era su antepasado ni tenía nada que ver con ellos, que era un extraño, una estantigua, un señor cualquiera de otra época, y que todo lo que había contado el padre era invención y filfa, y que ya no tenían edad para creer en esas cosas. Sin duda ella pensaba que las historias, por mucho que lleguen al corazón, se borran como las manchas de la ropa. Se echan a lavar y ya está. Y clausurada aquella época hecha de juegos y de ensueños, ahora comenzaba otra, les vino a decir: la de ver cómo entre todos se las ingeniaban para salir adelante, y enumeró: para comer, vestir, calzar, pagar la hipoteca del piso y la contribución, los recibos del agua, de la luz, del gas, de la calefacción, del teléfono, del colegio, de la comunidad, más todos los gastos imprevistos (enfermedades, medicinas, desperfectos, derramas, y otros muchos inimaginables) que irían llegando sin remedio, puntuales a la cita con la fatalidad. A partir de ahora, dijo, esa sería la aventura que les esperaba, la única y verdadera misión que tenían en la vida, y al lado de la cual, las hazañas de aquel fantoche con sombrero de plumas eran juegos de niños.

Y a esa aventura, a esa nueva épica, se entregaron desde el primer momento. Como le gustaba decir a Andrea, salieron huyendo hacia el futuro como una estampida de ganado que agita los cencerros. La madre amplió su clientela de practicante y de callista, y se pasaba los días yendo y viniendo con su pequeño maletín de cuero negro, saliendo y llegando a casa a cualquier hora, pero aun así sacando tiempo para hacer la compra y la comida, además de atender al hogar, sin un instante de sosiego, mientras los hijos iban y venían del colegio, estudiaban y hacían los deberes, y a todas horas en la casa había un aire de gravedad y abnegación, como si cada cual cumpliera una penitencia en todo cuanto hacía. Tal era la aventura en que se habían embarcado los cuatro, y no como oyentes sino como protagonistas, y no inventada sino real, verdadera y tangible. La época legendaria y ociosa del padre había sido abolida, y ahora todo lo presidía el espíritu de la laboriosidad y del provecho.

Desde el principio, la madre les asignó todo tipo de tareas y responsabilidades domésticas a las hijas. No al hijo, no a Gabriel, primero por la edad y después por la gracia de algún tipo de privilegio que le permitió quedar exento para siempre de los trabajos del hogar.

De esto se acuerda muy bien Sonia, y sobre todo Andrea. Gabriel nunca fregó un plato, ni hizo una cama, ni frio un huevo, ni manejó la escoba, ni cosió un botón. Andrea cuenta que, unos años más tarde, un día que le tocó fregar la loza, dijo medio gritando: «¿Y por qué nunca friega él?», y se puso a despotricar contra las prerrogativas de Gabriel, y de los hombres en general, y entonces la madre —los rasgos angulosos de su rostro más afilados que nunca— fue hacia ella con la mano ya alzada para darle en la cara.

Esto es lo que cuentan Sonia y Andrea, y nunca se olvidan de intercalar en el relato frases del tipo de «Aurora, tú sabes que yo no te miento», «Perdona por ser tan sincera contigo», «Créeme, Aurora», «Esto solo te lo cuento a ti», «Tú sabes que yo no tengo secretos contigo», «De verdad que yo te quiero como a una hermana más».

Cuando la madre tenía que salir a deshora, dejaba a Sonia al cargo de la casa. Aunque tenía doce años a la muerte del padre, conservaba intacto su espíritu infantil. Seguían gustándole los cuentos ilustrados de hadas y princesas y los dibujos animados, y se reía con los payasos de la televisión como una niña de cuatro o cinco años. Pero lo que más le gustaba era jugar con sus muñecas, y durante mucho tiempo siguió jugando con ellas y hablándoles con esa especie de devaneo insondable y secreto propio de los niños. Ahora bien, desde la muerte del padre, solo podía jugar a escondidas con sus muñecas. «Ya no es tiempo de muñecas», le había dicho la madre nada más comenzar la gran aventura de la supervivencia, y agarró las muñecas y otros juguetes, y muchos tebeos, y todos los vestigios que encontró de la ya extinta edad de los ensueños, y los subió y metió en lo más hondo de un maletero. Los tiempos del juego habían pasado. Y no solo del juego, también de los placeres. ¿Qué decir de la música?, que era la gran pasión de Andrea. La madre restringió el uso de la radio y la televisión, y con ella en casa, quién se hubiera atrevido a cantar o a bailar. En el silencio solo se oía el rumor de las tareas, el sordo laboreo de cada cual en la titánica lucha por la vida. Por eso, cuando la madre se ausentaba con su moño duro, sus pasos recios y su negro maletín de cuero, Sonia sacaba las muñecas de las honduras del maletero, como si las rescatara de las negras mazmorras del ogro, y las mecía, las acunaba, les probaba los vestiditos, les hablaba en su lengua esotérica... Andrea, por su parte, que odiaba las muñecas, se dedicaba a leer cómics echada en el sofá y a escuchar en la radio las canciones de moda y a cantarlas también ella con su voz bronca y destemplada. Y en cuanto a Gabriel... Según Sonia y Andrea («Yo a ti, Aurorita, te diré siempre la verdad, aunque te duela»), ya desde niño era tranquilo y, en cierto modo, imperturbable. Como una variante pálida y dulce de la madre. O como si hubiera nacido siendo ya estoico. Del mismo modo que Sonia todo lo hacía como jugando, Gabriel jugaba como si se aplicase a un oficio de adulto. Tenía un vaquero de plástico flexible con el revólver en la mano y un cochecito rojo de metal, del tamaño de una ficha de dominó, y al parecer con eso le bastaba para colmar el vuelo de su imaginación. Jugaba con precisión, comía despacio y masticando a conciencia, sin moverse del asiento, se esmeraba con lenta paciencia en los dibujos y en los ejercicios que le mandaban en la escuela (la mano siempre presta a soltar el lápiz y a precipitarse sobre la goma de borrar), y todo lo observaba con ojos mansos y expresión apacible. Ya entonces era la viva imagen de la armonía y la moderación, como si, en efecto, hubiera nacido ya filósofo. Cuando volvía la madre, Gabriel corría a su encuentro, le arrebataba el maletín y lo llevaba a dos manos, como en ofrenda, y lo guardaba en su lugar. «Una casi podía ver a su ángel de la guarda volando tras él y envolviéndolo y protegiéndolo con sus alas», dijo una vez Andrea.

«¡Qué ridículo!», decía Gabriel, ante esas alucinaciones de la memoria. Casi todos los episodios de la infancia, razonaba, son casi siempre una construcción hecha con evocaciones posteriores, con retoques, con supresiones y añadidos, con intercalados imaginarios e incluso oníricos, con secretos intereses espurios, hasta que al fin el adulto sella el relato definitivo del niño que fue, y esa última versión pasa a ser ya tan verdadera, y tan emotivamente verdadera, como si fuese una evidencia.

«Una vez me delató», cuenta Sonia. «Yo tenía trece o catorce años y un día Gabriel le dijo a mamá que yo había sacado las muñecas del maletero para jugar y hablar con ellas. Mamá me reprendió y me amenazó con tirar las muñecas a la basura. No lo puedo evitar, Auri, ya sé que son cosas de niños, pero todavía me vuelve a veces la rabia por aquella traición.»

Luego, en cuanto intuían la llegada de la madre, recomponían sus ejemplares figuras de mujercitas hacendosas. Ese era el ambiente de pesadumbre que la madre había impuesto en la casa. Y cuentan Sonia y Andrea que nunca nadie la oyó cantar, ni contar una anécdota o un chiste, y menos aún un cuento, ni siquiera reír o gastar una broma o decir una frase chispeante o ligera. Gabriel, sin embargo, sostiene que eso es una exageración maliciosa inspirada por el rencor. Es verdad que la madre era, y es, una mujer de pocas palabras, solo las precisas. Pues bien, su laconismo, su seriedad, su espíritu austero y laborioso, Sonia y Andrea lo han interpretado como desamor. Y cuenta que tampoco a él le contó cuentos ni le cantó canciones, ni jugó nunca con él, ni le hizo fiestas, ni siquiera los cinco lobitos, o hacerle cosquillas, ni otras mimoserías de ese estilo. «Mamá era así y punto, pero vivía para los hijos, y se desvivía por ellos, y lo que negaba a los demás tampoco se lo concedió nunca a sí misma. Y en cuanto a mí, yo no tenía nada que ver con ese niño modosito y formal, como si fuese una pequeña réplica de mamá. Era un niño como cualquier otro, y he tenido que esforzarme y razonar y recordar mucho para liberarme de esa imagen que me impusieron mis hermanas.»

Sonia y Andrea siguen contando sin embargo que la madre vivía obsesionada con el dinero, que solo les daba los domingos por la tarde cien pesetas para las dos, menos de lo que costaba una sola entrada de cine, y que nunca les compró nada, un regalo, un capricho, una sorpresa, o algo que fuese a la vez útil y agradable. Nada. Y en cuanto a la televisión, la vieja televisión en blanco y negro que el padre había comprado muchos años atrás, no les permitía verla más que en contadas ocasiones, y siempre con el tiempo tasado. Y por supuesto ella misma tampoco la veía, ni películas, ni programas de entretenimiento, ni documentales ni telediarios, pero siempre estaba presente mientras los hijos la veían, con lo cual les estropeaba la sesión, porque ponía una cara esquinada de asco y de desprecio, y de vez en cuando mecía la cabeza en el abismo de una tremenda decepción.

«No es cierto. ¡Claro que la veía!», se encendía Gabriel. «Le gustaban mucho las galas del sábado noche, y a veces hacía comentarios chuscos sobre los cantantes y los humoristas. Eso sí, los humoristas raramente conseguían provocarle alguna sonrisa. Y a veces íbamos los cuatro al cine. De eso Sonia y Andrea no se acuerdan, o no quieren acordarse, pero yo sí. Yo recuerdo muy bien que un día fuimos a ver *Popeye*, que estaba de estreno, y también *El mago de Oz*. Y otro día nos llevó al circo. Y a Sonia le compró un pequeño magnetofón para que oyera cintas en inglés y mejorara el acento grabándose la voz. Y en Navidad poníamos un arbolito con luces, y nunca nos faltó a ninguno en los zapatos un regalo de Reyes. Lo que pasa es que Sonia y Andrea se han quedado solo con los malos recuerdos, y los han agrandado, supongo que por lo que vino después, pero antes de que mamá pusiera la mercería éramos una familia unida y feliz, o por lo menos tan felices como tantas otras.»

Sonia era muy aplicada y cuidadosa en todos sus actos, quizá porque, en efecto, todo lo hacía como jugando. Era un gusto verla. Siempre iba muy limpia, los zapatos muy bien lustrados, la ropa, el pelo, tan linda y pulcra como sus muñecas. Porque era guapa, muy guapa, y leve, y muy femenina, a diferencia de Andrea, que desde muy pronto desarrolló un cuerpo robusto, torpe y vagamente andrógino. En el colegio sacaba muy buenas notas, y ya desde muy niña se sintió atraída por el inglés y la geografía. Se pasaba las horas examinando un mapa, o dibujándolo en colores con todos sus nombres y accidentes. Cuando fuese mayor, sabría idiomas y sería profesora o intérprete, o azafata, y se dedicaría a viajar por todo el mundo. Pero, a pesar de ser la mayor, era Andrea la que mandaba y disponía. Cuando conseguían dinero para ir al cine, no iban a ver películas de Walt Disney, o de aventuras infantiles, que eran las que le gustaban a Sonia, sino películas de acción para mayores, o melodramas, y tampoco compraban cómics y chucherías sino petardos y cigarrillos mentolados, y todo se hacía conforme a los gustos y caprichos de Andrea.

Al revés que Sonia, Andrea era una malísima estudiante, y muchos días no iba ni siquiera al colegio, sino que se quedaba merodeando por el barrio, mirando el mundo con su cara huraña y pendenciera. Y contaba, mezclando sin duda recuerdos de muy distintas épocas, que el diablo le había revelado ya por entonces que tenía alma de artista. Así que caminaba aprisa y sin rumbo y escuchaba voces interiores, decía, voces que a menudo venían con su música incorporada, formando canciones terribles y maravillosas. Algo ardía en su interior. «Yo no caminaba ya por las tierras que amaba», le contaba a Aurora. «El mundo era el infierno. O mejor, el infierno estaba en mis ojos. Yo oía en mi cabeza las campanas de Lucifer. Y no buscaba nada, solo un lugar donde esconderme. Y mientras caminaba me sentía peligrosa. Yo me movía furtivamente por los callejones. Déjame decirte algo, Aurora, no sé qué habrá dentro de mí, y qué había entonces, cuando el eclipse, pero me identifico mucho con Alicia. Cuando la veo encerrada en sí misma, incapaz de salir de esa..., no sé, de esa especie de madriguera, o de cárcel, o de jardín dorado, me comprendo mejor, me veo a mí misma y oigo el estruendo odioso de la ciudad, y el clamor de los inocentes, como cuando era niña y andaba perdida por el barrio.»

Y contaba, y no se cansaba de contar, que su rechazo a los estudios y al mundo y al prójimo y a su propia vida comenzó justo el día en que mamá la abandonó. «Ahí comenzó el eclipse», cuenta. Aquel era su primer recuerdo infantil. Tenía dos años, quizá tres. Estaban en casa, ella y la madre, y de pronto, sin más, la abandonó. Se vistió de calle, hizo el equipaje y se marchó de casa dando un portazo cuyo eco aún resuena en su memoria horrorizada. «Nunca he sentido tanto miedo como ese día. Todavía lo siento, mis noches son terribles cuando sueño con ese momento y me despierto dando gritos. No sé cuánto tiempo pasó. En cualquier caso, fueron horas y horas, hojas de calendario arrebatadas por el viento... Y mamá no volvía. Ya no volvería nunca. Y, si quieres saber la verdad, para mí mamá no volvió ya nunca. Aquel día mamá se fue de casa para siempre. Allí me convertí yo en un satélite fuera de control.»

Ese es otro de los mitos primigenios de Andrea, y esa frase, «Cuando mamá me abandonó», ha quedado como un emblema victorioso ondeando sobre unas viejas ruinas.

¿Y la madre? Solo una vez, con pocas y graves palabras, contó su versión de los hechos. Pero no, es absurdo, no deberían contraponerse las interpretaciones. Lo que en la naturaleza no disuena, el ruiseñor y el sapo, por dispar que sea, en la conducta humana, y no digamos en el arte, resulta incompatible, o al menos grotesco. «Mira que se lo dije», contó la madre. «Salgo un momento a poner una inyección. Quédate aquí jugando que enseguida vuelvo. Y no tenía dos o tres años, como ella dice. Tenía por lo menos cuatro, quizá cinco.» Tardó unos quince minutos en volver. Pero entretanto (tales eran los llantos y los gritos inhumanos de Andrea, y los golpes contra muebles, paredes y vajilla), en el descansillo se formó enseguida una nutrida asamblea de vecinos, que intentaba en vano negociar con Andrea. «¿Qué ha pasado?», «¿Estás bien?», «¿Y tu mamá?», «Ábrenos la puerta». Y ella redoblaba en cada súplica sus aullidos de espanto. Alarmados por la intuición de una desgracia, se disponían a llamar ya a los bomberos y a la policía cuando llegó la madre con su maletín y sus pasos recios, y sin perder el aplomo abrió la puerta y allí estaba Andrea, con el vestido roto, la cara arañada, el pelo en greña, ya ronca de llorar, pero con un bramido que le salía de las entrañas, los ojos de loca, y en la mano un enorme cuchillo de hacha. A su alrededor se extendía un confuso destrozo de objetos desparejos. «Nunca pasé tanta vergüenza como entonces. ¡Qué pensarían los vecinos de mí!» Tanta era su histeria que, al intentar la madre quitarle el cuchillo, ella retrocedió unos pasos, lo levantó sobre su cabeza y amenazó con atacarla. Y siempre con aquel bramido que parecía cosa de fiera más que de persona.

Sonia y Gabriel, y también Horacio, han intentado poner orden en los recuerdos de Andrea. Pero ella no entiende otras razones que las suyas. ¿Y el equipaje?, ¿y la maleta? Y es inútil decirle que no hubo tal equipaje ni maleta sino solo el pequeño maletín negro de siempre. «Yo vi cómo hizo el equipaje y vi con mis propios ojos la maleta. Qué pasa, ¿que vi visiones o que me lo inventé? ¿Me estáis llamando loca o mentirosa?» Y otra cosa, ¿por qué no la llevó con ella? «¿Y cómo se atrevió a dejarme sola, una niña de dos o tres años? Podía beber lejía, abrir el gas, saltar por la ventana en un arrebato de pánico, meter los dedos en un enchufe, una caja de cerillas, unas tijeras...», y aquí se callaba y hacía unos puntos suspensivos donde lo no dicho adquiría la vibración de una congoja. «Pero ¡si solo tardó unos minutos en volver!» «¡Y una mierda! ¡Tardó una eternidad!» «Y además tenías ya cuatro o cinco años.» Y ella: «Tenía dos o tres, me acuerdo muy bien». «¿Y cómo vas a acordarte siendo tan pequeña?» «Pues me acuerdo. Algo en mi cuerpo lo recuerda. La memoria es mágica, y hay cosas que no se olvidan nunca», y no hay modo de negociar con ella aquel lejano episodio infantil, tal era la solidez con que había fraguado en la conciencia su relato.

5

Aunque Aurora había adivinado, casi palabra por palabra, lo que habían hablado Gabriel y Sonia, y aunque sabía que al día siguiente la llamaría Sonia para darle detalles, y para comentar y cotillear y desahogarse con ella contándole todo lo que no le dijo a Gabriel pero que se quedó con ganas de decirle, a pesar de eso, le preguntó a Gabriel qué tal había acogido Sonia la idea de celebrar todos juntos el cumpleaños de mamá, pero él hizo con el índice el movimiento rotatorio de que ya se lo contaría después porque ahora iba a llamar a Andrea, y con el mismo dedo le impuso silencio: chsss.

«Seguro que está comunicando», pensó Aurora. Y sí, «Comunica», dijo Gabriel. Porque también ella adivinó lo que estaba ocurriendo, debía de tener sin duda algo de bruja, si es que no de loca, y en efecto, al otro día se lo confirmó Sonia por teléfono.

—Fíjate que nada más colgar me acordé de la que armó Andrea la última vez que nos reunimos todos, en aquella comida de Navidad en casa de mamá. ¿Te acuerdas?

Y claro que Aurora se acordaba, cómo no iba a acordarse. Hacía ya unos diez años de aquel día funesto. La madre había preparado de primero ensaladilla rusa, que era el plato favorito de Gabriel, y a la hora de servir le sirvió primero al hijo. O quizá no, también aquí había versiones encontradas, y nunca quedó en claro si la madre hizo un amago, por leve que fuese, de servirle a Gabriel, o si fue Andrea la que se adelantó diciéndole a la madre con un deje aguerrido de escarnio: «A Gabriel, no te olvides, no vayas a olvidarte de echarle a él el primero», y como la madre no captó acaso la mala fe de sus palabras, siguió su consejo y le echó primero a Gabriel, y según le echaba, Andrea le iba diciendo: «Más, échale más, y sobre todo échale de lo bueno, échale langostinos, échale atún, échale más pimientos rojos, échale más de todo», y su voz iba perdiendo el tono de burla para hacerse bruto y pendenciero, y entonces la madre se detuvo con el cazo en alto, y todos se quedaron en suspenso, asustados y confundidos, mientras Andrea seguía con lo suyo: «¡Más, échale más!, ¡échale todo!, ¡todo para el niño!, ¡todo para el filósofo!». Y, ya desatada, perdió el control y se puso a injuriarlos a voces, a Gabriel y a la madre. Los llamó egoístas, asquerosos, déspotas, cabrones, que le habían arruinado la vida entre los dos, y lo mismo a Sonia, y la señaló con el dedo como si descubriese un punto insólito en el horizonte, porque los dos eran seres destructivos. «¡¡Tú mataste al gato!!, ¡¡tú me abandonaste con dos años!!, ¡¡tú me dejaste sola cuando me suicidé!!, ¡¡tú me obligaste a lavarles el culo a los viejos!!, ¡¡tú me robaste el porvenir!!», le gritó a la madre, y luego se encaró con Gabriel: «¡¡Tú te fuiste a Londres y no tienes ni puta idea de inglés!!, ¡¡tú eras el redentor!!, ¡¡tú eras el que iba para genio!!, ¿y qué fue de ti? Yo te lo diré: ¡¡Polvo en el viento!!, ¡¡flores de plástico derritiéndose al sol!!, ¡¡estruendo de caballos cada vez más lejano!! ¡¡Miradlo bien!! ¿Es que no lo reconocéis? ¡¡Es él!!, ¡¡es él!! ¡¡Es Supermán echándole un polvo al sol!!», y ahí se armó la de Dios. La madre hizo por golpearla con el cazo y le salió un envite ridículo, porque el cazo estaba lleno de ensaladilla y la ensaladilla salió disparada y les cayó a todos por encima. Y ella, Andrea, sin dejar de gritar, se levantó, pegó tal puñetazo en la mesa que toda la vajilla y la cubertería dieron un saltito al unísono, y ya desde el pasillo gritó: «¡¡Tú nunca amaste a papá!!, ¡¡tú lo mataste con tu materialismo y tu negra tristeza!!», y dando un portazo salió escaleras abajo y aún se la oyó en la calle alejarse entre blasfemias y amenazas.

Todos se quedaron inmóviles, conjuntados en un gesto de espanto. Horacio estaba pálido, y lloraba en silencio, y las lágrimas le caían sobre los churretes de la mayonesa. La madre seguía con el cazo en alto, coronada de guisantes y con una tira de pimiento rojo colgando de una oreja. Nadie, nadie se atrevía a moverse o a hablar. Y lo que jamás olvidará Aurora es que, de lo más profundo de aquel silencio posapocalíptico, empezó a manar el hilo incierto de una queja que nadie, y ella menos que nadie, logró entender de dónde salía, hasta que de pronto miró a Alicia, que entonces tenía tres años, y vio que era ella, y vio cómo la queja iba creciendo hasta convertirse en un gruñido ronco, como de un animal en lo hondo del cubil, un sonido que parecía que toda su alma oscura y primaria había salido de repente a la luz. Fuera de algún gemido, de algún jadeo o algún rezongo, era la primera vez que la oían de verdad. Su primer testimonio público ante sus semejantes y ante el mundo. ¿Cómo no iba a acordarse Aurora de ese día?

—Bueno, pues al recordar aquella Navidad, decidí llamar a Andrea antes que Gabriel para ponerla sobre aviso, porque ya sabes cómo es Andrea, y la verdad es que yo soy la que mejor la conoce y la única a la que a veces hace caso.

—Pero si mamá odia las fiestas —dijo Andrea—. Cree que las fiestas anuncian catástrofes.

—Eso mismo le he dicho yo —dijo Sonia—. Pero Gabriel dice que no es una fiesta, que es solo una comida de cumpleaños. Gabriel quiere que volvamos a reunirnos todos. Quiere darle esa alegría a mamá.

—¿Una alegría a mamá? Mamá no sabe lo que es la alegría. ¿Tú la has visto alegre alguna vez?

—Lo mismo le he dicho yo a Gabriel.

—¿Y a mí? ¿Me has visto alegre alguna vez a mí? No, ¿verdad? Y tú tampoco has tenido muchas alegrías cuando vivíamos todos juntos. Aquí el único alegre ha sido Gabriel, y no lo digo como crítica. ¿Tú crees que Gabriel ha llorado alguna vez?

—Ay, Aurorita, ya sabes cómo es Andrea y lo insoportable que se pone a veces, y no te voy a ocultar lo que piensa de Gabriel. Pero no le hagas caso. En el fondo lo quiere mucho. Y lo admira un montón. En el fondo, Andrea es un pedazo de pan. Lo que pasa es que está muy sola, muy perdida, muy falta de cariño, y aunque ladra mucho, sería incapaz de hacerle daño a nadie.

—Con su muerte, papá se llevó la alegría a la tumba —dijo Andrea—. Vosotros quizá lo habéis olvidado, pero yo recuerdo todas las aventuras del Gran Pentapolín, y muchas noches me las cuento y me duermo arrullada con ellas...

—Tú es que lo tienes todo muy idealizado —dijo Sonia.

—Porque yo creo en el ayer —dijo Andrea—. Ahora la gente se olvida enseguida de las cosas, pero yo no, yo creo en el ayer. Yo miro atrás todos los días y veo las huellas de mis pasos marcadas en el polvo del tiempo. Los recuerdos arden dentro de mí. ¿Cómo pudo mamá tirar a la basura el retrato del Gran Pentapolín? ¿Cómo se atrevió?

—Bueno —dijo Sonia—, alguna vez tendríamos que enterarnos de la verdad.

—¿Qué verdad?

—Pues cuál va a ser, que todo eran fantasías de papá.

—¿Quieres decir que papá se lo inventó, y que todo lo que nos contaba era falso?

—Supongo que sí, ¿no? —dijo Sonia, pero ya con miedo, en plan dubitativo.

—Si era falso o no, y si el Gran Pentapolín existió o no existió, eso no lo sabemos. Eso es lo que nos dijo mamá, pero...

—En ese instante oí ladrar a *Candy* y aproveché para cambiar de tema.

—¡Anda! ¿Qué tal *Candy?* —preguntó.

—*Candy* muy bien —dijo Andrea, dramática y cortante—. Ya sé que tú me quieres, y también Aurora, pero papá y *Candy* son los únicos que me han querido de verdad. Los únicos que se han preocupado por mí. Los incondicionales.

—Eso dijo, pero no se atrevió a confesarme que también Horacio la había querido, porque eso es lo que cree Andrea, que Horacio siempre estuvo enamorado de ella más que de mí. Que ella era su amor secreto. No me lo ha dicho, claro, pero yo lo sé. Y supongo que tú también lo sabes, ¿no?

—No, yo no sé nada —mintió Aurora.

—Qué raro. Porque a ti todo el mundo te cuenta sus secretos. Eres tan dulce, tan comprensiva, tan... No sé, a lo mejor te lo ha contado y no me lo quieres decir. Pero yo no te lo reprocho, Auri, porque yo sé que tú buscas siempre lo mejor para cada uno, y bastante tienes ya con aguantarnos a todos. Pero cuando Andrea me dijo que nadie la quería como *Candy,* yo sentí una mezcla de pena y de rabia, porque por un lado lo dijo para herirme, y sin embargo en el fondo no le falta razón...

—Yo también me preocupo por ti —dijo Sonia—, y también te quiero.

—Y ahí ella se calló con ese modo que tiene de callarse, y que es insoportable porque parece que la has ofendido y que eres tú la que la has condenado al silencio, la culpable de su silencio.

—Fui contigo a lo de los toros —dijo Sonia.

—Y ella siguió callada.

—Me quedé en bragas y me pinté todo el cuerpo de rojo.

—Y como ella no dijo nada, enrocada siempre en su silencio acusador, le dije que un guardia me arreó con la porra y me hizo un moratón en el lomo que me dejó baldada para un mes.

—¿Y te arrepientes de eso? —dijo Andrea.

—No...

—¿Es que olvidas enseguida las cosas, como todo el mundo en estos tiempos? ¿Es que ya no te acuerdas de cuánto mide el acero de las picas y de las banderillas y de la espada de matar?

—Claro que me acuerdo —dijo Sonia—, pero también los pollos y los terneritos...

—¡A mí no me vengas con eso! —la cortó en seco Andrea—. Ya sabes que yo soy vegana. Para mí los animales son sagrados. Y también las plantas. Yo oigo gritar a las flores. Yo siempre les digo a los niños en los parques: «Por favor, niños, no piséis las margaritas».

—Y siguió otro de sus silencios ultrajados. ¿Me escuchas, Aurora?

—Sí, y me emociona lo sensible que es Andrea y lo comprensiva que eres tú.

—No sé si comprensiva, porque me dieron ganas de mandarla a la mierda, pero a la vez volví a sentir pena por ella.

—Yo apenas como carne, cada vez menos —dijo Sonia.

—¿Tú sabes cuántos linces quedan en España? —dijo Andrea, con un hilo trágico de voz.

—No lo sé, pero de verdad que yo te quiero y te comprendo —dijo Sonia.

—Pero en ese instante yo no lo sentía, lo único que sentía era desesperación y ganas de acabar la conversación cuanto antes.

—Y yo también a ti —dijo Andrea—, yo te he querido desde siempre, y mucho más de lo que te imaginas. Si creyese en Dios, como en tiempos, como cuando me quise meter a monja y mamá no me dejó, porque ella nunca me dejó hacer lo que quería, rezaría mucho por ti, y por las niñas, pero ya no creo. Ya no creo en la corona de espinas. Ya solo creo en los sueños y en el amor universal.

—Y es mentira, Aurora, ella no me quiere. ¿Cómo me va a querer? Al contrario, ella me odia, por lo de Horacio. No soporta que Horacio se enamorase de mí y se casara conmigo.

—No lo creo, Sonia, eso pasó hace ya mucho tiempo —dijo Aurora—. Además, tú no tienes la culpa de que Horacio te prefiriese a ti.

—¡Uy!, eso ella no lo olvida. Ni lo perdona. Ese es el mayor trauma de su vida, que ya es decir. Por eso a mí Andrea me da pena. Ojalá que se hubiese casado ella con Horacio. Ojalá. Pero es que ella no sabe de verdad cómo es Horacio. Eso solo lo sé yo, y no se lo he contado nunca a nadie, ni siquiera a ti.

—Pero ahora estás muy bien con Roberto. No pienses esas cosas.

—Ya, pero es que con lo de la fiesta (¡vaya ocurrencia de Gabriel!) es inevitable volver a recordarlo todo.

—Y las niñas también te quieren —dijo Sonia.

—Sí, pero no me llaman casi nunca, ni vienen a verme.

—Ni a mí tampoco —Sonia trató de quitarle importancia—. Ya sabes cómo es la juventud de ahora, y lo mal que lo están pasando. Yo creo que ser joven ahora es más difícil que antes.

—¿Quieres decir —saltó Andrea como un resorte— que los jóvenes de ahora sufren más que antes?

—Sí, quizá —aventuró Sonia—. Antes había unos criterios de autoridad, unas normas claras de conducta, una hoja de ruta, unos valores que no se discutían, y además tenían un futuro más prometedor.

—¡Dios mío, en qué hora se me ocurrió decir eso! Ahí sí que se enclaustró en su silencio, y hasta se oyó cómo echaba los cerrojos y la tranca por dentro. Y eso que todavía no habíamos hablado de la fiesta. Y a ver cómo la sacaba yo ahora de su misticismo. Pero al fin ella sola, sin incitarla, se animó a hablar.

—A los jóvenes de ahora se les quiere, y se les protege, y se les da más libertad que nunca. Y tienen más oportunidades para todo. Ya me gustaría a mí ser joven ahora. Yo lo he pasado muy mal en la vida. Tú lo sabes. Yo quería estudiar música, tocar la guitarra y crear un grupo de métal. Yo quería viajar en el asiento trasero de un Cadillac. Pero mamá me sacó del colegio y me puso a trabajar con dieciséis años. Me puso a limpiarles el culo a los viejos.

—Y ahí yo me reboté, Aurora, no lo pude evitar.

—¿Y yo qué? —dijo Sonia, en tono airado—. A mí me metió en la mercería con catorce, y eso que yo era buena estudiante y sabía mucho inglés.

—Y estuve por decirle: No como tú, que lo suspendías todo y ni siquiera ibas a clase. Y con catorce años, le hubiera dicho también, me obligó a ennoviarme con Horacio, y con quince a casarme con él. Pero no se lo dije porque yo sé, y tú también lo sabes, Aurorita, no me digas que no, que Andrea piensa que eso no fue un castigo sino una bendición, y que eso me compensó de todos los malos momentos de mi vida. Y ella no dijo nada, pero con el silencio, porque sus silencios dicen más que sus palabras, me lo soltó todo, me dijo todo lo que pensaba sobre lo generoso que fue el destino conmigo regalándome a Horacio, y de paso lo desagradecida y tonta que fui yo por no aceptar y aprovechar ese obsequio maravilloso. Yo ya no aguantaba más aquella conversación y no sabía cómo reconducirla, pero entonces fue ella la que sacó el tema de la fiesta.

—Una cosa te voy a decir. He empezado a pasar hacia atrás las páginas de mi pasado, a releerlas, y a comprenderlo todo. A mí mamá nunca me ha querido, tú lo sabes. Acuérdate cuando me suicidé. ¿Qué hizo ella? ¿Llamó al médico? No, no lo llamó, ni hizo nada por salvarme, porque en el fondo le daba igual, y yo creo que hasta quería que me muriese. Y acuérdate de la sortija, y de tantas cosas que me callo. Ella escondió mi trono y me condenó para siempre al exilio. Pero a pesar de todo yo la quiero mucho, no lo puedo evitar, y no le guardo ningún rencor, y me parece muy bien que se le haga una fiesta, porque ella ha sufrido y ha trabajado mucho y se lo merece de verdad. Y yo seré la primera en ir y en colaborar para que ese día mamá sea muy feliz. Así que por mí sí, por mí nos reunimos otra vez todos, todos juntos de nuevo con nuestras caras tristes. Yo os quiero mucho a todos, y os seguiría queriendo aunque el sol dejara de brillar.

—Eso dijo, y yo creí que ya había acabado la conversación, así que le dije que sus palabras eran muy bonitas, muy emocionantes, y que ya habría tiempo para hablar de los detalles de la fiesta. Pero ella dijo...

—Vendrá Horacio, ¿no?

—Y a mí me sublevó, por no decir algo peor, que no se acordara de Roberto, que ni siquiera me hubiese preguntado por él, sabiendo lo mucho que él significa para mí. Así que le dije...

—No lo sé. Adiós.

—Y colgué.

6

Era 1982. Ellos tenían entonces catorce, doce y nueve años. La madre tenía cuarenta y cuatro, aunque esto resulta irrelevante porque ella nunca tuvo una edad definida: la firmeza de su carácter y su acabada estampa de madre y de viuda, y sobre todo de superviviente, la ponían al margen de las contingencias temporales. Eran los tiempos en que en España podía oírse latir el joven y poderoso corazón de la historia, y fue justo ese año memorable cuando ella, la madre, atenta al decurso de su único y personal y verdadero relato histórico —aquel mínimo fluir de acontecimientos privados que corría paralelo y en apariencia ajeno al caudaloso empuje de la época—, decidió pagar la entrada de un pequeño local, que antes había sido taberna, y montar en él una mercería. Y con ese acto audaz e imprevisto comenzó el tercer mito fundacional, el que había de torcer el rumbo de todos hacia un nuevo y también imprevisto destino.

Contrató operarios, a los que en todo momento vigiló de cerca, y en pocas semanas estuvo lista la reforma. Durante ese tiempo, no habló de su proyecto con los hijos. Ellos la veían entrar y salir de casa, tan activa y enérgica como siempre, pero a veces sin su maletín. Y a veces regresaba con el moño y los hombros manchados de yeso, y con un olor fresco a pintura y a albañilería. Por la noche, mientras las rotativas de los periódicos trabajaban infatigablemente, ella se quedaba hasta muy tarde confinada en el redondel de luz de un flexo, cercada por la oscuridad, revolviendo papeles. A ratos se oían sus pasos insomnes por la casa. Cuando se detenía (siempre de repente, allí donde la sorprendía el hallazgo de un pensamiento atroz), era como si también se fuese a detener la máquina del mundo, y el hondo silencio de la noche parecía anunciar el final de los tiempos. Luego, proseguía su sigiloso deambular, o volvía a la mesa a estudiar sus papeles. Los niños dormían, sí, pero a veces Andrea y Sonia permanecían atentas, en guardia, escuchando aquel misterioso trajín, en el que ya creían percibir algo amenazador. Eso cuentan, y quizá sea verdad, o quizá se trate más bien de un añadido que la memoria y el rencor fabularon después. Pero por la mañana, cuando se despertaban, ya estaba ella, la madre, entregada a su sordo menudeo diario, el aseo, la ropa y el calzado, el desayuno, los buenos consejos, algunas advertencias, y finalmente el rápido trotar de los niños escaleras abajo.

Y así un día y otro día, y solo cuando la mercería estuvo lista para abrirla al público, llevó a sus hijos a verla, y se la enseñó, no con orgullo o afable invitación al regocijo y al asombro, sino tal como el patrón mostraría al jornalero —ajenos ambos a la belleza del paisaje y al canto de los pájaros— la tierra que ha de arar y sembrar, y ya sin más se puso a explicarles el porqué y el cómo del negocio.

Pero Gabriel no lo recuerda así. Gabriel cuenta que ese día la madre compró caramelos, pasteles, chocolatinas y refrescos, y que allí mismo, usando de mesa el mostrador, improvisaron una alegre merienda familiar. Los tres estaban admirados de la cantidad de artículos que había en la tienda, y lo bien ordenados que estaban en las estanterías, cajones y vitrinas, y del colorido y de los brillos de aquel lugar insólito a la luz de los fluorescentes recién estrenados. Olía a nuevo, y ellos no se cansaban de mirar, y parecían intimidados ante la idea de que todo aquello, todos aquellos objetos flamantes y valiosos (porque les parecían valiosos, y algo de los tesoros de los cuentos les debió de rondar por la imaginación en aquellos momentos) pertenecieran a la madre y, por tanto, también a ellos, y hasta pensaron que eran ricos, que de la noche a la mañana se habían hecho ricos, como también pasa en los cuentos, y Gabriel recuerda que Sonia le confesó algún tiempo después que por un instante pensó: «Ahora aprenderé idiomas y podré viajar por todo el mundo».

Pero las hermanas decían que se trataba de un local pequeño y oprimente, atestado de artículos baratos y más bien anticuados, y con un cuchitril que servía de almacén y trastienda. Un lugar triste y mezquino donde olía a química, porque la mercería tenía también algo de perfumería y de droguería, y despachaba a granel la colonia, el alcohol, el petróleo, el aguarrás y otros potingues de ese estilo. Tras el mostrador, un taburete. Una pequeña y ruidosa caja registradora comprada de segunda mano. Una libreta colgaba de un clavo para apuntar las cuentas de la venta al fiado. «Naturalmente, no le puso nombre a la mercería», contaba Andrea. «A cualquiera se le hubieran ocurrido un montón de nombres, a cuál más bonito, pero mamá no pensó siquiera en eso. Seguro que no. Así era ella.» La tienda lucía un pequeño escaparate y tampoco allí había ninguna vana concesión a la estética. El ancestral espíritu del trueque —el mero intercambio de mercancías por monedas contantes, que es uno de los pilares y grandes logros de la civilización— presidía aquella mínima institución comercial.

En cuanto al porqué y al cómo de haber montado aquel negocio, la madre explicó que no se trataba de un capricho ni de una mejora sino únicamente de la necesidad. Los gastos eran muchos, la pensión escasa, las hipotecas apremiaban, la vida estaba cada vez más cara, de practicante y de callista se ganaba poco porque la gente no precisaba apenas ya de sus servicios, había que hacer muchos números para llegar a fin de mes, los precios subían y los sueldos menguaban, y el monstruo del futuro acechaba cada vez más de cerca. Había que añadir, pues, una nueva página a la gran aventura de la supervivencia. Y Sonia y Andrea cuentan que aquel discurso, acaso el más largo que jamás le oyeron, lo echó desde detrás del mostrador, con las manos fuertemente asentadas en él, como si impartiese justicia o doctrina, mientras los hijos escuchaban del otro lado, en floja posición de firmes, mirando arriba, porque tras el mostrador la madre parecía muy alta, sobre todo para Gabriel, cuyos nueve años apenas le llegaban para asomarse e intentar entender algo de lo que allí se estaba hablando.

Era verano, principios de septiembre. Sonia había terminado EGB y ya tenía elegido el instituto donde cursaría el bachillerato. Se sucedieron días difusos. A cualquier hora la madre aprovechaba para quejarse de sus muchas penurias, de lo difícil que era ganarse la vida, del precio del calzado, de la carne, de la electricidad. Al servir la comida, en cada cucharón que sacaba de la cacerola se traslucía el trabajo que había costado ganar aquella ínfima parte del sustento. Comía despacio, como haciendo una demostración didáctica del exacto camino que lleva del plato a la boca, y en cada viaje parecía considerar y ponderar el significado y el valor del alimento que engullía. Al pelar la fruta, suspiraba. Demasiada, demasiada carga para una mujer sola. Y luego estaban los papeles, y sacaba una carpeta de cartón, tan abultada que las gomas elásticas ya apenas conseguían abarcarla y cerrarla, y enseñaba pólizas, facturas, tasas, contribuciones, recibos, pagarés, y otros mil documentos, y luego, mientras intentaba cerrar la carpeta, movía desalentada la cabeza, y los hijos, o más bien las hijas, no sabían si sentir pena, culpa, miedo, desesperanza..., o quizá comenzaban ya a entender lo que tramaba la madre con aquel triste abejorreo. «Era algo inconcreto, pero yo sabía que algo iba a pasar, que algo terrible estaba a punto de pasar», contaba Sonia.

Ahora, con la mercería, Sonia tenía que ocuparse mucho más de las tareas domésticas, de limpiar la casa, hacer a veces la comida, servirla, recoger y fregar la vajilla, lavar, planchar y remendar la ropa, cuidar de los hermanos, de modo que apenas tenía tiempo de estudiar, y aún menos de jugar. Las muñecas, y los caballeros y princesas, languidecían en su negra mazmorra. «Y Andrea apenas me ayudaba. Al revés, como mamá estaba fuera casi todo el día, y como aún no había colegio, se desentendía de todo y se pasaba las horas oyendo canciones y cantándolas, canciones de rock, que eran las que más le gustaban, y moviéndose y desmelenándose a ritmo y haciendo que tocaba la guitarra o la batería, y dando gritos rockeros, o practicando artes marciales, que le gustaban mucho, o se despatarraba en el sofá a leer cómics o a ver la televisión. Allí fue donde empecé yo a entrever qué clase de persona era Andrea, sus luces y sus sombras, y en cuanto a Gabriel, mamá solía llevárselo con ella a la mercería, y si estaba en casa, se dedicaba a lo suyo, a dibujar, a leer cuentos, a jugar con su cochecito y su vaquero, muy formal y en silencio, y ajeno a todo lo de alrededor, qué te voy a contar que tú no sepas.»

Hasta que llegó al fin el día en que la madre, después de comer, dijo: «Hemos de hablar». Era domingo. Quitó la mesa, limpió el hule, sacó la carpeta y la puso ante sí y, sin abrirla nunca, pero con una mano sobre ella, como si declarase bajo juramento, en pocas y exactas palabras desglosó los números del presupuesto familiar. Entre la pensión del padre y la mercería, que aún no había consolidado —y tardaría en hacerlo— una clientela fiel, no alcanzaba para vivir. Era necesario, pues, y esa era la única vía de escape, que ella dedicara más tiempo a ejercer de practicante y de callista, y también de corredora a domicilio de artículos de mercería y perfumería... Y cuenta Sonia que en ese momento se le reveló el futuro con una claridad aterradora. Gabriel jugaba en el sofá con el vaquero de plástico y el cochecito rojo. Andrea movía espasmódicamente una pierna, como si siguiera el ritmo de una de sus canciones de rock. Igual pensaba que aquel asunto a ella no le incumbía. Y cuando la madre dijo que en adelante Sonia habría de ocuparse de la mercería y Andrea de las tareas domésticas, Andrea siguió moviendo la pierna y Sonia no alteró en nada la expresión de su rostro. Y es que no acababa de entender. Era demasiada noticia aquella para sus oídos todavía infantiles. ¿Trabajar en la mercería? Luego, poco a poco, fue comprendiendo. Bien, pero ¿cuánto tiempo? «El que haga falta», dijo la madre. Fue uno de esos momentos fantásticos de la vida en que alguien de repente da un salto en el tiempo y si es adolescente se convierte en adulto y cambia en un instante de mentalidad y de carácter. ¿Y el instituto?, ¿y sus proyectos, sus modestos sueños de futuro? «Puedes presentarte por libre. En la mercería, cuando no haya clientes, o cuando esté yo, tendrás tiempo para estudiar. Y además tienes las noches y los fines de semana. Cuando se quiere, hay tiempo para todo», dijo la madre. «Además», añadió, «los idiomas los puedes estudiar por tu cuenta. Los idiomas no son una carrera.»

Luego, en los días sucesivos, ella pidió tener al menos la tarde libre para ir al turno vespertino o nocturno. Pero era justo por la tarde y al anochecer cuando la madre tenía más visitas a domicilio como practicante o como callista, y cuando más falta hacía Sonia en la mercería. «Lo primero es lo primero», argumentó. «Y lo primero es salir adelante entre todos.» Y decía que más tarde, dentro de uno o dos años, cuando las cosas mejoraran, podría retomar los estudios, que unos años de retraso no significan nada, y que incluso hay mucha gente que estudia de mayor, y llega tan lejos o más que los que empiezan antes. Y, ya para rematar su razonamiento, decía que con la mercería podía ganarse muy bien la vida para siempre, que no todo el mundo tiene por qué estudiar, y que en agosto, durante el mes de vacaciones, podía viajar donde le diera la gana, y no de azafata, que al fin y al cabo no dejaba de ser un oficio de camarera, sino de turista, agasajada y bien servida. «Quién sabe. Quizá tu futuro está en la mercería», y no había manera de encontrar un resquicio por donde atacar sus argumentos.

Aurora había oído mil veces las distintas versiones de ese episodio infortunado. No son muchos los recuerdos que Gabriel conserva de aquellos angustiosos días de septiembre, pero sí sabe que para entonces él ya no jugaba con el vaquero ni con el cochecito, y por lo que le contó luego la madre, sabe también que para ella dar aquel paso fue tan duro y amargo como para Sonia, pero que las circunstancias familiares no le dejaron otra opción. Había que pagar dos hipotecas y se exponía al desahucio, a la ruina, quién sabe si a quedarse en la calle con tres hijos pequeños a los que cobijar y alimentar. Sonia y Andrea sostienen sin embargo que, aunque modestamente, podían haber vivido con solo la pensión del padre y los ingresos extras de la madre, e incluso solo con la mercería y con la pensión, y ellas hubieran podido estudiar como tantas otras hijas de familias humildes, pero que la madre era muy ansiosa para el dinero y todo le parecía poco y siempre quería más, y que por eso, por su codicia, sacrificó la vocación y el futuro de las hijas. «Y eso, Aurora, es muy difícil de olvidar y de perdonar.»

Entonces comenzó para ella una nueva época. A Sonia aquel recuerdo aún le duele, y a veces mucho, tanto o más que entonces. Con lo aniñada que era, con lo que le gustaba todavía jugar, con la ilusión tan grande que tenía de estudiar idiomas y poder dedicarse algún día a viajar por el mundo, y he aquí que de golpe se vio trabajando de dependienta a tiempo completo en una tienda mezquina y oscura donde olía a química, despachando ovillos y botones, comentando con las clientas la calidad de una cremallera o de un champú, cotejando colores de bobinas de hilo, contando monedas, y finalmente convertida en una jovencita, casi en una adulta, llena de responsabilidades y con la vida echada a perder cuando apenas había empezado siquiera a saborearla. «Claro, que yo no sabía hasta qué punto aquello era solo el principio, apenas nada comparado con lo que vendría después, cuando me vi convertida de pronto en una mujer hecha y derecha de verdad.»

Entretanto, la madre ejercía su otro oficio, y a veces citaba a sus pacientes en la mercería y les ponía inyecciones o emplastos en la trastienda, y cuando iba a domicilio aprovechaba para ofrecer de paso artículos de mercería, y casi todos le compraban algo, unas veces por compromiso y otras por comodidad. Y cuando regresaba a la mercería, nunca dejaba de decirle a Sonia: «¿Ves? A los clientes hay que buscarlos, que en la vida nada se da de balde». «Yo la odiaba, Aurorita, te lo digo como lo siento, y cuando más la odiaba era cuando salía con su maletín negro y me dejaba sola en la mercería. Y si a ella la odiaba con toda mi alma, todavía odiaba más el maletín.» Para colmar ya su desengaño, poco después se presentó la oportunidad de que uno de los tres hijos pasase un mes en Londres para aprender inglés, y el elegido, cómo no, fue Gabriel. Sonia lo vio partir, llena de envidia y de rencor, y sintió que con él se iban también y para siempre todas sus ilusiones.

Y en cuanto a Andrea... Cuenta que los ímprobos trabajos de la casa, aquella enorme carga impuesta a una niña de doce años, le arruinaron su futuro artístico y escolar y le crearon un trauma del que ya no se recuperaría nunca. «Cada día era una montaña que escalar», dice, y enumera: la escoba y la fregona, las camas, la ropa que lavar y planchar, la cocina, la compra, poner y quitar la mesa y lavar los cacharros, además de hacer de niñera de Gabriel. «Esa fue mi infancia, Aurora. Yo era un tren de carga, ¿comprendes? Así que ya sabes por qué el color negro y yo nos conocemos desde siempre.»

Y cuenta que una de sus pocas alegrías de entonces fue llevar a casa un gatito que encontró en la calle, arrecido de frío, un gatito de color canela y ojos verdes al que le puso de nombre *Pentapolín*. «Esa era mi única alegría, y aquel gatito fue el único amigo que tuve yo entonces. Como sabía que mamá no iba aceptar al gato, lo tenía escondido en un armario, entre mi ropa, pero mamá no tardó en descubrirlo. "¿Y ese gato?", y echó atrás la cabeza y la torció un poco para mirarlo con aprensión, como si le diera asco. "Aquí no hay sitio para gatos", dijo. "Ya lo estás llevando por donde lo trajiste." Entonces yo le rogué, le supliqué, me puse incluso de rodillas, me agarré a sus faldas, por favor, mamá, le decía, te lo pido por favor, déjame tener al gato, yo lo cuidaré y lo limpiaré y comerá de mi comida, te juro que será como si no hubiese gato, te lo juro por Dios, y me abracé a sus piernas y me puse a llorar», y ella allí arriba, mirándola con cara de juez, y no dejó de llorar y abrazarla hasta que la madre, aunque de muy mala gana, y moviendo la cabeza como si librara una lucha interior, terminó por aceptar al gato.

«Yo con el gato era feliz, y él me consolaba de todas mis tristezas. Iba yo por la casa, y él detrás de mí. Barría, y él no se cansaba de jugar con la escoba. Le hablaba, y él me contestaba a su manera. Lo llamaba y él venía corriendo. Rocanroleaba y él me seguía el ritmo. Le pedía la patita y me la daba. Era mi único consuelo en el mundo. Él era un arco iris en la oscuridad.» Pero a las pocas semanas, un día al volver del colegio se encontró con que el gato había desaparecido. «Mamá lo mató», asegura. «O quizá lo metió en un saco, lo llevó lejos y lo abandonó. Pero, conociéndola, estoy convencida de que lo mató y lo tiró a la basura, como hizo con el cuadro del Gran Pentapolín, exactamente igual.»

La madre dice sin embargo que esa es una de las tantas mentiras que se ha inventado Andrea contra ella, que cómo iba ella a matar al pobre animalito, y que lo que pasó es que el gato salió a la terraza y se fue por los tejados y que, por lo que fuese, ya no supo o no quiso volver. «Durante mucho tiempo, yo tuve la esperanza de que en cualquier momento volvería, y a veces salía a la terraza y me asomaba a los tejados llamándolo, *"¡Penta!, ¡Pentapolín!"*, pero él no volvió nunca. Y cómo iba a volver si mamá lo mató. Hasta sé cómo lo mató. Lo ahogó en el fregadero. Aprovechó el agua sucia del fregadero, agarró a *Pentapolín* y lo metió allí, bien a lo hondo, hasta que lo ahogó.» «A lo mejor no fue así», decía Aurora, «a lo mejor el gato se fue por los tejados, ya sabes cómo son los gatos, y se encontró con otros gatos y se quedó a vivir con ellos.» Pero al cabo del tiempo, y de darle muchas vueltas a aquella historia, Andrea ha dado por bueno y seguro el desenlace trágico. «Gracias por el consuelo, Aurora, pero desengáñate, mamá mató al gato. Sin remordimientos y a conciencia, como todas las cosas que ha hecho en la vida.» Y nada se puede hacer contra esa convicción.

A Gabriel le parece una maldad pensar siquiera en la posibilidad de esa versión, y Sonia, por su parte, no cree que mamá matara al gato, pero sí la cree capaz de hacerlo. «Para ella, la supervivencia de la familia lo era todo, y lo demás le era indiferente y hasta odioso.» Y ahí estaba su caso. Sonia seguía esperando, preguntando cuándo podría volver a estudiar. Pero la madre esquivaba la pregunta con respuestas ambiguas, dilatorias, y así pasaba el tiempo, meses y meses, hasta que un día la madre comenzó a hablar de un joven que había conocido, un joven maravilloso —eso dijo, *maravilloso*, y Sonia y Andrea se quedaron pasmadas ante esa palabra, inaudita en su boca—, y se ponía a enumerar sus cualidades y no acababa nunca, responsable, serio, solvente, educadísimo, bien parecido, simpático, gentil, alegre, generoso, y ya nunca perdía ocasión de hablar de él y de alabarlo y festejarlo, que hasta la voz le cambiaba al evocar a aquel hombre admirable, tanto que las hijas, y sobre todo Andrea, empezaron también a interesarse por él, a preguntar, a indagar, y Andrea incluso lo equiparó en su imaginación al padre y al Gran Pentapolín. Y Sonia recuerda muy bien el momento en que le preguntó a la madre cómo se llamaba. Estaban en la mercería, y la madre la miró con una intensidad y una dulzura como nunca en la vida, y el rostro se le iluminó cuando dijo: «Horacio», y siguió un silencio colmado por la magia de aquel nombre dulce, admirable y sin par.

7

—Anoche te llamé cuatro o cinco veces y comunicabas —dijo Gabriel.

—Estaría hablando con Sonia —dijo Andrea.

—Sí, ya me ha dicho que estuvisteis hablando.

—¿Entonces para qué preguntas?

—Es tremenda. Siempre tiene la escopeta cargada. No hay palabra o silencio a los que no le saque punta.

—Ya sabes cómo es —dijo Aurora—. No sé de qué te extrañas. ¿Y tú qué le dijiste?

—Nada, qué le iba a decir. Que qué le parecía la idea de hacerle una fiesta a mamá.

—¿Y ella?

—Ella me dijo que bien, a secas, y lo dijo en un tono insidiosamente lacónico, para que se notasen bien todos los sinsabores y recelos que le originaba la fiesta.

—¡Ochenta años! —dijo Gabriel.

—Lo dije por decir algo, por romper un silencio que ella sostenía sin ningún apuro, entre otras cosas porque era la última que había hablado y se suponía que ahora me tocaba intervenir a mí.

—¡Cómo pasa el tiempo! Parece que fue ayer cuando éramos todavía niños.

—Yo sigo siendo niña —dijo Andrea—. Cuando a una le roban muy pronto la infancia, luego crece y llega un momento en que se dice y se jura a sí misma: Nunca más volveré a ser mayor. Y yo no he vuelto a serlo. Yo sigo siendo igual que entonces, como cuando era inmortal.

—Ya sabes, esas cosas que dice y que supongo que están inspiradas en canciones de rock. Ese ha sido siempre su mejor alimento espiritual. Recuerdo que una vez me dijo: «Tú vives siempre en el presente y por eso enseguida languideces», que supongo que estará sacado también de la música pop. Así que comprendí que me estaba tendiendo una trampa para confrontar nuestras maneras de ver el mundo, Led Zeppelin contra Kant, o algo así, de modo que le alabé la frase, le dije que nada hay mejor para conocer y descubrir el mundo que mirarlo con ojos de niño, y de inmediato le pregunté qué tal estaba, qué tal le iba en la estafeta de correos.

—Bien.

—¿Y qué tal tus compañeros?

—Bien...

—Pero ahí se animó y renunció a su hermetismo, que es lo que en el fondo estaba deseando.

—Aunque, antes que en la estafeta, preferiría mil veces trabajar en el Ártico en un barco de pesca de cangrejo real. Mis compañeros son unos cotillas. Se pasan el día cuchicheando y secreteando con el móvil. A veces juntan las cabezas, hacen un corro de murmullos, y luego se echan atrás todos al mismo tiempo y se ríen a coro como ratitas presumidas. Jijijí, hacen. Me imagino que hablarán y se reirán de mí, de lo rarita que soy, pero a mí me han criticado tanto en la vida que ya paso del tema.

—Vaya, lo siento, pero haces bien, porque...

—Pues no lo sientas —lo cortó Andrea—, porque yo a mi manera soy feliz. Tengo una vida plena.

—Yo sé que en el fondo lo que quiere decirme es que no necesita de mis consejos y teorías para ser feliz, y ojalá sea verdad. Ojalá sea feliz. Y para hurgar más en la herida me dijo que la felicidad verdadera solo se encuentra en lo más hondo del dolor, y que es allí donde uno aprende a amar al prójimo de verdad.

—Pero yo no amo al prójimo por Dios ni por ninguna otra creencia —dijo Andrea—. A mí Dios no me ha hecho nunca ningún favor. Yo no creo en nada, y no quiero que nadie me diga adónde iré cuando me muera.

—Y entonces me contó más o menos lo que yo ya sabía, que era animalista y ecologista, que hace voluntariado en hospitales y orfanatos, que cree en la medicina natural, que va a conciertos de música, que hace senderismo..., y que sus verdaderos compañeros no son los de la estafeta sino otros muy distintos, gente que bordea los límites, que cabalga con el diablo al lado, gente que ha vuelto del infierno, y que una vez fueron reyes del inframundo..., y todo eso me lo dice así, con esas palabras, para que me entere de que ella vive la vida de verdad, de primera mano, y no como yo, que me dedico a leer, a enseñar y a filosofar, orgulloso y metido en mí mismo, acogido a la razón, y de espaldas al mundo y al dolor de la gente.

—No seas tan severo con ella —dijo Aurora—. Déjala que también ella tenga sus razones y su discurso. Es que tú también le sacas punta a todo lo que ella dice.

—¿Yo? No creo. Lo que pasa es que con ella no hay manera de hablar. Pregúntale a Sonia, pregúntale a mamá. Siempre va a la contra de todo.

—Déjala que piense lo que quiera. Si eso la hace feliz...

—Pero es curioso, porque por un lado presume ante mí de que es feliz, pero a la vez necesita que yo sepa que es también muy desgraciada, y que gran parte de su desgracia, en su origen, es mía. Además de mamá, claro, y supongo que también de Sonia. Necesita recordármelo a cada paso, para disfrutar con mi remordimiento. Por eso es absurdo y agotador hablar con ella, porque continuamente está saltando de la felicidad a la tribulación, del idilio al drama, y no puedes decirle nada, no hay escapatoria, porque si te lamentas de sus contratiempos ella enseguida se rebota y se encara contigo preguntándote si acaso la estás compadeciendo, que ella es a su manera la persona más feliz del mundo, y si celebras su felicidad, o te alegras porque le ha ocurrido algo bueno, ella de inmediato se enfurruña y busca la forma de darte a entender lo desdichada que es, lo sola que está, la vida malograda que lleva desde la niñez. Le encanta discutir, y si gana en la discusión, bien, pero si pierde también bien, porque de un modo o de otro siempre sale ganando, ya sea como víctima o como triunfadora.

Y Aurora escucha y calla, y comprende, y con la manera tan dulce que tiene de escuchar, parece que alivia los pesares de todos y pacifica las discordias.

—Me contó todo eso y luego de golpe se calló. Se conoce que ahí se dio cuenta de que había ido demasiado lejos en la alabanza de su propia felicidad. Ya en el silencio empezaban a aparecer nubarrones sombríos.

—Por cierto, me ha dicho Sonia que eres vegetariana —dijo Gabriel, buscando un camino intermedio, de más fácil andar.

—Vegetariana, no; vegana. No es lo mismo.

—Pues no sabía que eras vegana.

—Será porque no preguntas. O a lo mejor es que no te acuerdas, porque yo se lo conté a Aurora, y me extraña que Aurora no te lo contara a ti. Aurora es un encanto de mujer.

—Es posible. A lo mejor me lo contó y no me acuerdo —dijo Gabriel.

—Se lo dije porque es verdad que no me acordaba, pero sobre todo por no discutir y también, la verdad, un poco por venganza, porque a ella no le gusta que le lleven la contraria, pero menos aún que le den la razón como a los tontos, como si fuese de limosna. Entonces ella optó por abrir otro frente dialéctico.

—Yo no como carne inocente —dijo—. Yo conozco el infierno que hay detrás de una salchicha. Ya sé que a ti los animales te dan igual, pero yo solo como productos vegetales, y eso porque no tengo más remedio. Para mí la naturaleza es sagrada. Ser vegano no es solo comer fruta y verdura; ser vegano es un estilo de vida.

—Y aquí hizo un gran silencio, una especie de antesala de lo que iba a venir a continuación.

—Es una filosofía —dijo, y pareció lanzar la palabra a la conquista del silencio que se creó a continuación.

—Y yo sé lo que ella buscaba, lo que Andrea busca desde hace mucho tiempo: enfurecerme. Ese sí que sería un triunfo para ella. Que perdiera los nervios, que gritara y que blasfemara. Porque ella cree, y lo mismo Sonia, que todo lo que yo digo sobre la felicidad cabe en tres principios, a cuál más simple: vivir en el presente, valerte solo de ti mismo para ser feliz, y permanecer impasible ante la adversidad. A eso han reducido ellas mis convicciones, como si en mí no hubiera nunca incertidumbres ni desesperanzas, y de verdad que por un momento consiguió enfurecerme.

—Yo también amo la naturaleza, y los animales no me dan igual en absoluto —dijo Gabriel—. Soy muy consciente de que el dolor nos une y nos iguala a ellos.

—Y, fíjate, según iba hablando ya adivinaba yo la réplica de Andrea, y entonces me enfurecí un poco más, pero no con ella sino conmigo mismo, por ponerle tan fácil la revancha.

—Pero a ti te gustan los toros —dijo Andrea—. Tú disfrutas viendo cómo torturan a un animal inocente. Porque la inocencia también es sagrada. La inocencia nos absuelve de nuestros errores. Y ya sé que a mamá también le gustan los toros y que a veces vais juntos a la plaza. Seguro que os vestís como para una boda. Y los dos allí, riendo y aplaudiendo. Como si os viera. Una boda fúnebre. Bueno, allá vosotros y vuestra conciencia. Desde luego, no esperéis que yo corte con mi cuchillo vuestra tarta nupcial.

—¿Entiendes ahora por qué apenas la llamo? Y cuando te llama a ti, ¿qué te cuenta? Porque vosotras habláis a menudo.

—A veces. Llama para desahogarse —dijo Aurora—, y me cuenta más o menos lo que ya sabes.

—¿Y tú qué le dices?

—Yo la escucho y procuro entenderla. Es buena, en el fondo es muy ingenua, y no ha tenido suerte en la vida.

—Puede ser, pero tampoco ella ha hecho mucho por cambiar su suerte. Para Andrea la culpa de sus desgracias la tienen siempre los demás. La que ha tenido de verdad mala suerte es Sonia. Ella sí es una víctima.

—Pues, según Andrea, Sonia fue la más afortunada de los tres, porque consiguió a Horacio.

—Qué barbaridad. Vive en un mundo de fantasía y es imposible razonar con ella.

—Unos más y otros menos, todos nos inventamos un poco nuestras vidas. Si hablases con ella de vez en cuando, a lo mejor conseguíais entenderos. Andrea lo que necesita es que la quieran.

—Pero si no se deja querer. Y además es impredecible. Sonia dijo una vez que Andrea tiene ideas fijas momentáneas, y creo que eso la define muy bien, ¿no crees? Ideas fijas momentáneas.

Pero Aurora no respondió. Se mordió los labios y se quedó absorta, pensando que esa misma definición podría aplicarse a Gabriel, e incluso con más fundamento que a Andrea.

—Pero a mí me parece estupendo que le hagamos una fiesta a mamá —dijo Andrea—. Ella tuvo también una infancia desgraciada y, lo mismo que yo, perdió muy pronto el control de sí misma. A mí me da mucha pena mamá. ¡Pobre, pobre mamá!

—Quizá cometió algunos errores —dijo Gabriel—, pero todo lo hizo por nuestro bien. Nunca tuvo malicia. A su modo, es una mujer transparente.

—¿Ella transparente? Yo sí soy transparente. Yo soy como un libro abierto, aunque sucio, roto y empapado de lluvia. ¿Te acuerdas de las sopas de fideos que hacía mamá?

—Sí, a ti no te gustaban.

—Eran asquerosas. Sabían a oveja, con su lana y todo. Y mamá además sorbía la sopa. Si hay algo que odio, es a la gente que sorbe la sopa.

—Me acuerdo de que se las comía, sí, pero haciendo pinza ostentosamente con los dedos en la nariz. Una vez mamá le dio una bofetada y le dijo: «¿No quieres la sopa? Muy bien. No te la comas, pero eso es lo que tendrás para cenar».

—Esas manías de las comidas ocurren en todas las familias —dijo Aurora.

—Mamá era enemiga de los placeres —dijo Andrea.

—Y ahí otra vez la conversación se estancó y ninguno de los dos supo ya qué decir. Odio esos silencios donde los hablantes quedan en evidencia, y avergonzados, como si de pronto estuviesen desnudos.

—Anoche Sonia me colgó —dijo Andrea al fin.

—¿Cómo que te colgó? ¿Es que acabasteis discutiendo?

—Ah, eso lo tendría que decir ella. Yo lo único que hice fue preguntarle si Horacio iría a la fiesta, y entonces ella me colgó. Cambió sin más del verde al rojo, sin avisar, y me dejó con la palabra en la boca.

—Es extraño, porque a mí Sonia me dijo que no le importa que vaya Horacio.

—Es que Horacio tiene que ir. Es como de la familia. O, mejor dicho, es más de la familia que casi todos nosotros. ¿Y Roberto también irá?

—No, Roberto no.

—¿Tú lo conoces? ¿Cómo es?

—Solo sé que es psicólogo y que está divorciado y tiene un hijo. Sonia es feliz con él. Ya sabes que se van a casar.

—Ya, ya entiendo. La gente se divorcia y luego se vuelve a casar porque no conoce el verdadero amor. Casi todo el mundo ama con besos mentirosos. La gente es estúpida, y ninguna estupidez es ingenua. ¿Y tú? ¿Eres feliz? Quiero decir, ¿sigues siendo feliz, como siempre? ¿También Aurora, como mamá, te da a ti los curruscos del pan?

—Y yo no le contesté, no me dio la gana. Empezaba a ponerme furioso y preferí no seguirle el juego. Fíjate de lo que se acuerda, de que mamá me daba los curruscos del pan.

—Porque tú siempre has sido feliz. Desde niño ya eras feliz con tu cochecito y tu vaquero. Tú nunca perdiste el control de tu destino. Estudiaste lo que quisiste, fuiste a Londres, sacaste las oposiciones, y luego conociste a Aurora, que es una mujer maravillosa. Si no fuese por lo de Alicia, serías el ser más afortunado del mundo. Claro, que tú controlas el dolor, ¿no?

—Eso de que yo soy feliz por naturaleza os lo habéis inventado Sonia y tú, como otras muchas cosas —dijo Gabriel en un tono cortante.

—¿Qué otras cosas? ¿Qué me he inventado yo? —gritó Andrea.

—Le temblaba la voz, no sé si de ira o asustada por lo que me había dicho.

—No hay que hacer mucho caso de las cosas de Andrea —dijo Aurora—. Se deja llevar por las palabras.

—Pues por ejemplo eso de que yo no sufro —dijo Gabriel—, de que el dolor a mí no me hace daño. ¿Cómo te atreves a decir algo así? ¿Quién te crees que soy yo?

—Y ahí ella se calló, se ocultó en lo más hondo del silencio, y entonces se oyeron unos ruiditos muy lejanos, como una queja, o como alguien que se revuelve en sueños.

—Perdóname —dijo al fin, con un hilo de voz—. No tengo derecho a decirte eso. No merezco el perdón, pero yo te pido que me perdones, te lo pido por Dios.

—Y yo la perdoné sin más. Le dije que no tenía importancia, que por mí estaba ya olvidado, que son cosas que se dicen pero que en el fondo no se sienten.

Y esta vez Aurora no comentó nada, sino que se quedó otra vez absorta, cautiva en algún pensamiento impreciso, o a medio elaborar.

—Pero Andrea no iba a quedar perdedora en la conversación, claro está. Así que me dijo que yo tenía que admitir, del mismo modo que ella había admitido su error y me había pedido perdón, que ella tuvo siempre una vida oscura, donde nunca llegaba el sol.

—Tú que eres filósofo, y sabes tanto de la felicidad, debes saber que mi vida, como otras vidas, más que vidas son muertes pálidas, solo eso.

—Siempre con sus frases enigmáticas e indiscutibles, porque a ver qué se puede decir contra eso de las muertes pálidas. Y luego dijo: «Y a veces el dolor es tan dulce...». Y ahí yo me emocioné de verdad, y sentí todo el cariño que le tengo pero que nunca le he podido demostrar, ni a ella ni tampoco a Sonia ni a mamá. Y otra vez se oyeron los ruiditos lejanos, como una carcoma trabajando en lo profundo de la noche. La oí que se sonaba los mocos, y ya íbamos a despedirnos cuando ella dijo...

—¿Has visitado últimamente mi página de facebook?

—Pensé que íbamos a terminar otra vez discutiendo, porque hace ya años que yo no visito su página. Pero es que hace años que Andrea no escribe ni cuelga nada en ella. Ni siquiera un emoticono o un me gusta. Nada. Lo de facebook fue también una de sus ideas fijas momentáneas.

—Pero si hace mucho tiempo que la tienes abandonada.

—Ya —dijo Andrea—. Pero ¿y si hubiera escrito?, ¿y si la hubiera actualizado?

—A mí me dieron ganas de colgarle, como hizo Sonia con ella, según dice Andrea. Pero al final intercambiamos unas frases de circunstancias y dejamos que las palabras, por su propio peso, se hundiesen en el silencio. Y aún tuve tiempo de escuchar aquellos ruiditos misteriosos, y cuando colgué no pude evitar sentirme culpable de haberle colgado, por más que la conversación estaba ya finiquitada. ¿Qué te parece?

Y Aurora no comentó nada. Estaba como ausente, y forzó una sonrisa triste y al final dijo, la voz en un desmayo:

—No sé... Es agotador. Deberíais descansar del pasado, dejar de darle vueltas... Quizá tu madre tiene razón. Olvídate de la fiesta, no sea que tras ella venga la desgracia.

8

¿De qué oscuros sucesos del pasado se alimenta la animadversión que Sonia y Andrea sienten por Gabriel? Aurora no lo sabe. Intuye algo pero no lo sabe. Quizá sea algo lejano y confuso que acaso también ellas ignoran. Y recuerda que apenas se casó con Gabriel, Sonia y Andrea debieron de detectar de inmediato su carácter indulgente y acogedor, su mansedumbre y su aptitud innata para las confidencias, para escuchar y comprender y hacer suyos los relatos ajenos, porque enseguida empezaron a contarle pasajes de su vida, cada vez con más detalle, con más hondura e intención, con más libertad, y diríase también que con más desvergüenza. A Gabriel lo querían y lo admiraban mucho, desde luego, eso ante todo, pero una vez proclamado solemnemente este principio, no tardaban en intercalar aquí y allá un comentario reticente, una frase que en el camino se desmayaba arrepentida y dejaba en el silencio el eco de un reproche, un episodio trivial aunque ambiguo o extrañamente revelador, sugiriendo cada vez con mayor desenfado, y siempre bajo la protección y la coartada de la sinceridad, que acaso Gabriel no era lo que parecía, no del todo, sino que había en él como un fondo de falsedad, de artificio, e incluso de impostura. No lo decían así, por supuesto, era solo una insinuación, una hipótesis que ellas eran las primeras en deplorar, y acto seguido se apresuraban a absolverlo, porque quizá también y a su modo Gabriel era una víctima y es muy posible que ni siquiera él fuese consciente de esa pequeña falla en su carácter. Nada de importancia, desde luego, al lado de su fondo de bondad y de sus cualidades admirables.

Y así iban apareciendo palabras alusivas (egolatría, ensimismamiento, individualismo, insensibilidad, ingratitud), palabras que eran como pequeñas espinas, huesecillos, pellejos y otros desperdicios que se ponen discretamente en el borde del plato. O bien decían: «Gabriel nació ya filósofo y estoico», «Gabriel nació para ser feliz», «Ya de niño se le veía que se bastaba a sí mismo y no necesitaba de los demás», «A Gabriel le gusta más soñar la vida que vivirla», «Gabriel vive en una habitación llena de espejos donde solo se ve a sí mismo», «Gabriel vino al mundo de vacaciones», y lo decían como algo consabido, como una obviedad que no necesita de mayor elucidación. ¿No había acaso en él algo opaco y distante? ¿No es verdad que a veces hablaba mucho y en un tono íntimo de sí mismo, de su modo de ser y de pensar, y que sin embargo aquella hoguera de palabras apenas emitía calor ni provocaba en el oyente la menor emoción? «Siempre tiene razón, sí, pero nunca convence.» Y contaban y repetían que a Gabriel siempre le había ido muy bien en la vida, y lo decían como un reproche, como si su bienestar se hubiese construido a costa de ellas, de la desdicha de ellas. Y recuerdan que siempre fue un niño modélico, y luego un muchacho modélico, y que no llegó a conocer el angustioso sentimiento de provisionalidad propio de la juventud, cuando cada cual busca desesperadamente un modo definitivo de ser que lo afirme ante el mundo. Él no, él desde siempre se mantuvo al margen de esas pasiones tan comunes y humanas. Y lo que sugerían de Gabriel, los vicios y las culpas, lo sugerían también una de otra, de modo que, salvo la narradora de turno, ninguno de los otros era del todo de fiar. «Las cosas como son», decían. «Todos tenemos nuestros defectos.» «¿Para qué nos vamos a engañar?» «Ya somos mayorcitos para andar con mentiras.»

Al cabo del tiempo, Aurora no sabe qué pensar de Gabriel. Nunca en realidad lo conoció bien, ni se preocupó de conocerlo. ¿Para qué? Se conocieron, se gustaron, pasaron juntos muchas tardes en los parques y en los cafés, y un día entrelazaron las manos y se quedaron extáticos, mirándose fijamente a los ojos, y en un instante decidieron hacer juntos el camino de la vida... Eso fue todo. A Aurora le gustó de Gabriel su pelo despeinado y oscuro, su aparente descuido en el vestir, sus rasgos afilados, su sonrisa y sus labios finos, y sobre todo sus gestos pausados y su voz persuasiva y sedante. Jamás se enfadaba ni perdía la paciencia. Al hablar, solía acariciar o jugar con los objetos a su alcance. Era muy habilidoso con las manos. Sabía hacer girar un bolígrafo sobre las yemas de sus dedos, como si fuese un molinillo, y también sabía hacer juegos de magia con monedas. A pesar de la gravedad de sus discursos y de su tono magistral, había en él un fondo ingenuo y un tanto infantil, y también eso le gustó de Gabriel. Y con su voz grave y sedante, le habló de sus cosas. Es decir, de su filosofía, de su manera de entender la vida.

Y ahora lleva veinte años escuchando esa voz y se pregunta una vez más qué clase de persona es Gabriel. No con ánimo de encontrar una respuesta, sino solo de constatar el asombro de haber vivido tanto tiempo con alguien a quien acaso no conoce apenas. Quizá Gabriel fuese un enigma insoluble, o quizá no. Quizá su existencia, vista ya desplegada como un campo después de una batalla donde pueden señalarse con el dedo todos los accidentes de sueños, logros, afanes, proezas, cobardías y fracasos, sea un caso simple, y hasta vulgar, como el de tanta gente que creyó tener una vida interesante, rica en lances y pensamientos, y que luego, pasados los años, al hacer balance, descubre que no tiene ninguna idea propia que exponer, ninguna aventura que contar. Quizá todo es como dice la madre. Que siempre fue un buen hijo, aplicado, dócil, responsable y de buen conformar. Ese es todo el retrato psicológico que hace de su hijo, y quizá no haya mucho más que añadir.

«Mi filosofía es muy sencilla», le dijo en una de las primeras citas. «Apenas me he limitado a pasar a limpio el pensamiento de algunos de mis clásicos favoritos.» Y contó de qué modo había llegado la filosofía a su vida. Una vez, en algún momento de su primera juventud, quizá con quince o dieciséis años, oyó o leyó en alguna parte, o bien intuyó por sí mismo, que la vida se resuelve siempre en fracaso. Siempre, sin excepciones. Porque siempre, al final, todos envejecen, mueren y no cumplen sus sueños. Así de fácil lo vio entonces. Fue un descubrimiento que por un lado lo llenó de zozobra, pero también, secretamente, de consuelo y de júbilo. Decidió hacer suya aquella idea, atesorarla, convertirla en creencia, y vivir con ella para siempre. Aquella idea era un refugio confortable y seguro. Ante la seguridad del fracaso, todas las tentaciones y promesas del mundo se desvanecían en espejismos, todos sus brillos y sus músicas palidecían y se apagaban. Fue desde luego un descubrimiento providencial para alguien que empezaba a iniciarse en las incertidumbres y angustias de la juventud.

Simplificado por un enérgico trazo de lucidez, de pronto el mundo adquiría un sentido exacto y transparente. Las chicas guapas, el dinero, las motos y los coches, los objetos de marca, la ropa cara y seductora, el anhelo de destacar y de lucir, todo eso, tan presto al ansia, tan necesario para ser alguien en el mundo, de pronto se convertía en algo así como los espejitos y abalorios con que los conquistadores embaucaban a los indígenas para robarles el oro auténtico, el verdadero tesoro que ellos, los indígenas, poseían ya sin siquiera saberlo. Ahora entendía en profundidad el mito de las sirenas que atraen y pierden a los incautos marineros. Pero a él no iban a embaucarlo ni con cantos ni con baratijas. Se sintió fuerte, libre, señor de sí mismo, capaz de despreciar no importa a quién, porque ya no necesitaba nada ni a nadie para ser feliz y vivir en paz y en armonía; consigo mismo se bastaba. Caminaba ahora como un monarca por el mundo. Porque eso es lo que era, un monarca, dueño y señor de todo cuanto abarcaba su mirada. Y veía cómo la gente, los comerciantes, los mecánicos, los que se apresuraban a hacer una gestión, los profesores, los enamorados, se afanaban cada cual en lo suyo. ¿Y todo para qué? ¿Para qué tanto agitarse si al final el edificio entero de la existencia se vendría abajo en un instante? Ese era el mundo, el espectáculo y la esencia del mundo, mostrado didácticamente ante sus ojos como una lámina escolar. Era lo que necesitaba para anclar su nave —su vida— en algún mar benévolo. Casi sin saberlo, sin haber leído aún a los filósofos que serían luego sus maestros, empezó a descubrir los placeres del escepticismo y la dulce gravedad del estoico.

Entonces decidió consagrar su vida a la filosofía, aunque ahora hubiera podido dedicarse no importa a qué, porque su lugar en el mundo lo tenía ya seguro. Y estudió filosofía, y en todo lo que leyó y aprendió vio confirmada su idea intuitiva y primigenia, como las que a su manera tuvieron Sonia o Andrea, y que habría de forjar su carácter y darle un norte definitivo a su destino.

Y con su voz calma y persuasiva, y aquellos ademanes que parecían representar o esculpir el discurso en el aire, le habló de las muchas trampas que el hombre se tiende a sí mismo, hasta quedar atrapado en ellas y labrar así su propia perdición. «Porque lo que hace desgraciada a la gente es el deseo. Pero no tanto el deseo de esto o de lo otro como el desear por desear, el deseo en estado puro, el deseo que a veces no sabe siquiera lo que desea, sino que es solo una fuerza ciega y despótica, como un arco en tensión cuya flecha no ha de partir jamás.» Sí, así de absurdo era. Y siempre igual, siempre corriendo tras de una sombra, sin detenerse nunca, diciéndose unos a otros o cada cual para sí: «Sigamos adelante un poco más, porque quizá detrás de aquella montañita encontremos al fin lo que buscamos», y acariciaba los objetos de alrededor, el servilletero, el azúcar, la taza, como si esto fuese el deseo, esto la montañita, estos nosotros caminando incansables, enloquecidos por ese vago anhelo. Y ponía ejemplos. «Si Ícaro hubiese alcanzado el sol, ¿qué?, ¿se hubiera detenido allí? Seguro que no», y Aurora negaba también con la cabeza, cómplice con él. «Algo hubiese maquinado para seguir ascendiendo más, siempre un poquito más.» ¿Y los de Babel? ¿Se hubieran conformado con alcanzar el mero cielo? Y esa insatisfacción agónica es la que nos anima y nos condena a alzar nuestra vivienda para la eternidad, locos de deseo, esclavos del afán, sin querer entender que todos los lugares son lugares de paso hacia otra parte, y que todos los caminos de la vida conducen a la muerte, y que solo allí encontraremos nuestra verdadera morada, donde descansaremos al fin de las fatigas del viaje. Y así siglos y siglos, y ante la desventura de ese panorama, unían sus silencios en una larga y solidaria mirada de conmiseración.

«Y aún en el caso de que, resignados a nuestra suerte, vencido el deseo, consigamos un remanso de paz, de poco nos vale, porque entonces comparece ante nosotros la melancolía y, con ella, el tedio de vivir.» Ya no somos guerreros ni depredadores, y sin darnos cuenta se nos apagan los rasgos de la cara, nos volvemos feos e inexpresivos, ante cualquier cosa chafamos la boca como deslumbrados por el sol, y no tardamos en contraer una especie de soñera crónica, un blando cabecear al borde del abismo. Ya no somos niños, ya quedó muy atrás la edad idílica del vivir sin más finalidad que el propio y gustoso vivir. Ya nuestras madres no nos besan antes de hundirnos en el sueño. Ahora ha venido de verdad el coco, ahora nos asaltan las pesadillas, o nos desvelamos en lo profundo de la noche y nos hacemos preguntas tontas o esenciales, todo en el mismo lote, pero en cualquier caso negras preguntas sin respuesta, porque ocurre que de pronto nos enfrentamos a la inmensidad del universo, pero también a la duda de si quedará mermelada de naranja para el desayuno, y esas dos fuentes de terror nacen del mismo manantial y mezclan sus aguas en un único y furioso torrente. Y eso cuando no se nos aparecen los monstruos del pasado, esos son los peores, aquel joven esbelto y soñador, aquella canción que tanto nos gustaba, y de la que solo sobreviven unas palabras y unas notas, y que bailamos en la penumbra perfumada de una lejana y mágica noche de primavera... Y, aún más atrás, las alegres correrías infantiles, tardes cálidas e interminables, senderos entre hierba florida, ilusiones intactas, silbos y risas, ladrar de perros, secreteos en la oreja..., porque también sabía Gabriel emocionarse y entreverar desgarros líricos en su filosofía... «Y entonces nos aterroriza el amanecer», y posaba su mano en la mano de Aurora, «el momento tan temido de levantarnos y cargar de nuevo con el fardo de un nuevo día, y otra vez con el anhelo invencible de ver qué se esconde detrás de aquella montañita...» Y sus palabras contra la pasión inútil del deseo incontrolado adquirían por momentos en él una pasión comparable a la que tanta repulsa le inspiraba.

Esas eran, pues, sus convicciones acerca del hombre y de la vida. Y Aurora escuchaba como solo ella sabía escuchar, en tanto que él iba quedando preso de aquel hilado tan dulce, tan acogedor, y muy pronto llegó el momento en que aquellos altos discursos, uno hablando y otra escuchando, no eran sino un velado discurso de amor. Y cuando Gabriel hablaba por ejemplo de Schopenhauer o Spinoza, los dos sospechaban que estaban hablando de otra cosa. Y cuando Gabriel callaba, los dos se entregaban al mismo silencio, y lo compartían por igual. Sí, la vida era dura y cruel, parecía decir ese silencio, pero también era hermosa, era hermoso formar parte del mundo y estar allí juntos, mirándose, sonriéndose, sin esperar nada mejor que lo que ya tenían, viendo sin alarma ni angustia cómo la tarde se iba yendo, y cómo se intuía ya la feliz, la inquietante promesa de la noche.

En cuanto a Sonia y a Andrea, Gabriel recordaba que, apenas vislumbró la naturaleza sombría de la existencia, allá en su más temprana juventud, las comprendió mejor, y se apiadó de ellas. Entendió sus enojos, sus frustraciones, sus proyectos truncados y sin embargo todavía invictos en su corazón, pero no les dio mayor importancia que la propia e inevitable de la condición humana: vivir un sueño, y ser esclavo de ese sueño, del que solo se nos conceden los despojos y la problemática dignidad de unas ruinas.

Sonia y Andrea recuerdan también aquel cambio casi repentino en el carácter de Gabriel, pero lo interpretaron como un signo de fatuidad y de soberbia. «De pronto empezó a hablar como un abogado o como un cura, engolando mucho la voz», comentaba Sonia. «De verdad, Auri, no sé cómo lo hacía, pero al decir por ejemplo histórico-social, conseguía pronunciar también el guion.» «Lo hacíamos rabiar y él mantenía la calma, en plan heroico. Lo pellizcábamos y él aguantaba sin quejarse.» Y siempre con sus retahílas: no hay que entregarse a los excesos de la esperanza o la desilusión, no hay que temer al futuro ni añorar el pasado, hay que mantenerse impasible ante la desgracia y el dolor, hay que aprender a vivir en soledad, la felicidad no hay que buscarla en el dinero ni en la fama ni en nada que no sea en nuestro interior, ya lo dijo Aristóteles: «La felicidad es de los que se bastan a sí mismos». «A mí me parecía muy cómodo y muy conformista eso de refugiarse en uno mismo y quitarle importancia a todo lo demás», decía Andrea. «¿No te parece, Aurora? ¿No te parece que tenemos que luchar contra las injusticias y miserias del mundo?»

Pero a Aurora sí le gustó su modo de pensar. ¿Cómo decir? Había en él algo de pureza infantil, o de ingenuidad, y ella pensó que sería fácil vivir a su lado. Ella era pequeña y muy bonita. Era friolera. Su piel era tierna y de un rosa levemente pálido. No tenía hermanos y sus padres vivían en un pequeño pueblo del norte. No era especialmente tímida, pero cuando sonreía, enseguida se mordía tímidamente la sonrisa. También a ella le gustaba la soledad, y no tenía grandes ambiciones. Tenía un modo triste de ser, sí, pero era una tristeza inofensiva y compatible con cualquier ilusión. Un día, Gabriel le echó el brazo por el hombro y ella se acurrucó contra él y se sintió segura, protegida, a salvo de los riesgos del mundo, y así siguieron avanzando, no solo ya por las calles sino también por los caminos simbólicos de la vida y del tiempo.

Despachada la filosofía, se entregaron al placer de hacer proyectos para un futuro ya inminente. Gabriel daría clases en el instituto, y Aurora en primaria. A los dos les gustaban las novelas y el cine. Harían algunos viajes. Quizá tendrían hijos. Pero lo importante era estar juntos, con eso les bastaba. Y nunca, nunca, le pedirían a la vida más de lo que la vida puede dar.

Durante muchos años, Aurora escuchó los discursos filosóficos de Gabriel, primero con admiración, y luego con el gusto con que los niños, y también a veces los adultos, escuchan las viejas y amigables historias que ya saben. Pero en algunos momentos, recuerda ahora, creía percibir en el entramado de aquel edificio verbal leves crujidos de fondo que parecían anunciar defectos de fabricación, fatiga de materiales, prestaciones obsolescentes, y acaso, como ya le advirtieron Sonia y Andrea, una nota desafinada en el tono de voz que delataba cierto artificio, cierta falsedad, y hasta cierta impostura. No, no era un hombre tan sereno y armónico como parecía por la voz y los gestos, y si ahonda en la memoria, consigue recordar que ya cuando lo conoció había en él algunos signos (un leve tic que le hacía arrugar la nariz como un conejo, súbitos y bruscos cambios de postura en los asientos, manos nerviosas que a veces derribaban objetos en su desazonado trato con las cosas) que ella entonces no supo interpretar. ¿Cómo no adivinó desde el principio algo de su carácter, de los inquietantes fantasmas que habitaban en su trastienda?

Parece que la tarde se ha detenido en una penumbra vagamente dorada. Sentada en su silla de profesora, un codo en la mesa y la cara vencida sobre la palma de la mano, escucha el relato que le va contando su memoria, retazos del pasado que no sabe cómo armar para darles un sentido, una unidad, algo que la ayude a entender cómo ha sido su vida y qué puede esperar ahora del porvenir. Si tuviese a alguien a quien contarle sus recuerdos, una Aurora que la escuchara y acogiera con gusto sus palabras, quizá lograra comprender algo, o al menos desahogarse y aliviar esta pena que desde hace ya tiempo la carcome por dentro. Mira los dibujos a todo color que hay colgados en las paredes. «También los niños tienen sus historias y las cuentan a su manera, con sus trazos y sus frases mal hechas», piensa, y cierra los ojos para contener la emoción y la punzada de dolor que le producen tanta inocencia y tantas ganas de vivir expuestas a los desafueros del mundo y de los años.

Suena el móvil.

—¿Dónde estás?, ¿qué haces?, ¿estás bien?

—Sí. Estoy corrigiendo ejercicios. ¿Qué tal Alicia?

—Bien. Le voy a hacer para cenar una tortilla y unas patatas fritas. ¿Cuándo vas a venir?

Se hace un largo silencio. Pero los silencios ya no son los de antes. Antes, lo que las palabras evitaban o se olvidaban de decir lo decían los silencios con el descaro de los niños o los papagayos, pero ahora no, ahora los silencios carecen de vida y no tienen nada que añadir a lo dicho. Son tan brutos y espesos, los silencios, que ni siquiera los tópicos, las frases de relleno, consiguen traspasarlos. En otros tiempos, Aurora le habría preguntado qué tal por el instituto, y tirando de ese cabo habrían hilado una conversación cualquiera, de esas que dicen poco pero que a cambio confirman la continuidad y la dulzura de los hábitos, la vigencia de la normalidad. Pero ella ya no tiene ánimos para preguntar, ni menos aún para escuchar ninguna historia, por breve que sea.

—Necesito hablar contigo, tengo cosas estupendas que contarte —acierta a decir Gabriel, con un drama en la voz.

—Claro, cómo no —dice Aurora, y se crea un silencio ya definitivo, que ni siquiera exige el cierre de un adiós.

9

«Quiero que sepas una cosa que no le he contado nunca a nadie», le dijo un día Andrea, hace ya mucho tiempo. «Yo me enamoré de Horacio antes de conocerlo. Me enamoré de golpe y para siempre. Me volví loca por él. Así que ahora ya sabes cuál es mi gran secreto, y también la gran tragedia de mi vida.»

Se enamoró oyendo a la madre hablar de él, y viendo cómo al evocarlo ponía los ojos soñadores, mirando a las alturas, a la estampa ideal que su memoria y su imaginación pintaban en el aire, y era tanto el fervor con que contaba su relato, que Andrea miraba y veía también allí representada la estampa de Horacio, y cuando cerraba los ojos la estampa seguía fija en su mente, y muy pronto se encontró con que no podía pensar en otra cosa que no fuese en Horacio. «¡Horacio!», se decía a sí misma. «Yo creo que me enamoré con solo oír su nombre. En cuanto lo oí, sonó la corneta y comenzó la carga.» Nunca había visto a su madre poner los ojos soñadores, y de sus labios surgían además palabras insólitas que jamás había usado: delicadeza, elegancia, estilo, encanto, suavidad. ¿De qué extraño lugar, y por qué, venían a visitarlos aquellos mágicos vocablos, aquellos ilustres invitados? Y los ojos de Andrea se quedaban extáticos en aquel punto inconcreto del aire, y todo su rostro trascendía la emoción de un ensueño inefable. Y nunca se cansaba de preguntar por aquel ser prodigioso, cómo iba peinado, cuál era su color favorito, si le gustaba la música o si sabía bailar, cómo era su voz, su modo de vestir, su sonrisa, sus gestos, sus andares. Quería saberlo todo sobre él. Todo. «Desde el primer momento supe que aquel era el hombre de mi vida, el hombre con el que había soñado antes incluso de saber nada del amor.»

Lo que Andrea no sabía es que aquellos informes sentimentales no iban dirigidos a ella sino a Sonia, nada más que a Sonia, y que ella solo estaba allí en calidad de oyente. Sonia, sin embargo, apenas prestaba atención a las palabras de la madre. «Me parecía que eran cosas suyas, relacionadas con su profesión de practicante, y que no tenían nada que ver conmigo, por más que ella me decía: "¿Me estás escuchando, Sonia?", "¿Qué te parece, Sonia?", "¿No te gustaría conocerlo, Sonia?". A cualquier hora, en casa o en la mercería o yendo por la calle, cuando quería darme cuenta ya estaba hablando de aquel hombre, de aquel tal Horacio, y hasta cuando me ponía a estudiar, enseguida aparecía ella con su cantinela, contando y volviendo a contar, con una voz dulzona que no le pegaba nada y que sonaba a falsa, lo que yo había escuchado ya mil veces.»

«¿Y tú nunca sospechaste nada?», preguntaba Aurora. «Jamás. Yo tenía un espíritu demasiado infantil para eso. Tenía catorce años. Yo solo pensaba en mi inglés, y en ir preparándome para cuando pudiese retomar los estudios.»

Y siguió ajena a aquella letanía hasta que un día la madre (que esperó sin duda ese momento como el jugador que reserva su mejor carta para matar la partida en el momento justo) le dijo, así como sin darle importancia, que Horacio era dueño de una juguetería muy grande, que vivía solo y soltero en un piso muy grande y que una de las habitaciones, la más grande de todas, la había dedicado solo a los juguetes, como si fuese un museo de los juguetes, de forma que allí los había antiguos y modernos y de todas las clases y estilos, miles y miles de juguetes, y es que los juguetes eran lo que más le gustaba en el mundo, porque por más que fuese un hombre hecho y derecho, y de lo más serio y formal, en el fondo era un niño. Y entonces Sonia sí prestó atención, pero no por Horacio sino por los juguetes y por aquella alusión idílica a la niñez.

Luego, con el tiempo, se enteró de la historia. Desde hacía meses, la madre iba a diario a pinchar a Horacio, a ponerle inyecciones de vitaminas, porque sufría de anemia, y así lo conoció. Y es verdad que era dueño de una tienda muy buena de juguetes, con seis o siete empleados, y que vivía en un piso muy grande y antiguo que había heredado de sus padres. Y parece que Horacio, hablando y hablando, un día le contó que su gran aspiración en la vida era conocer a una chica apropiada, una chica joven e inocente, casarse con ella y tener hijos. Porque si había algo que le gustaba aún más que los juguetes, eso eran los niños. «Los niños son la sal de la tierra», solía decir, y la madre se lo recordaba a Sonia cada poco tiempo.

«Y el resto ya te lo puedes figurar.» La madre empezó a hacerse ilusiones, cuenta Sonia, y a pensar en lo bueno que sería para Sonia y para toda la familia que se casara con Horacio, y que el hecho mismo de haberlo conocido, y de que él le confiara su secreto, equivalía a un regalo del cielo, o del destino, que era pecado rechazar.

«Hasta que un día (fíjate qué ingenua era yo entonces que ni siquiera había pensado en esa posibilidad), estando mamá y yo en la mercería, apareció Horacio. Era un viernes de principios de abril, me acuerdo muy bien. Ese día mamá me pidió que me arreglara, que me pusiera muy guapa y que me vistiese con mi mejor ropa, porque luego iríamos a visitar a un mayorista muy importante, algo así dijo, y que quizá nos invitase a comer..., no sé, una historia confusa de la que apenas me enteré. De modo que fui a la mercería muy arreglada y muy vestida, y durante toda la mañana mamá, que también se había vestido como para una boda, estuvo hablando de Horacio, diciendo que tenía muchas ganas de conocer a la familia y que quizá cualquier día, en cualquier momento, viniera a vernos por sorpresa. "¿No te gustaría que nos hiciese una visita?", me preguntó. Y yo, ¿qué iba a decir? Para mí Horacio no era nadie, era un fantasma hecho de palabras. ¡Quién me iba a decir a mí que esa mañana habría de decidirse mi futuro! O, mejor dicho, que mi futuro estaba ya decidido, sin que yo me hubiese enterado de nada. Imagínate, Aurorita, allí estaba yo estudiando inglés y despachando botones y champús, cuando de repente apareció Horacio en la mercería y, lo que es peor, también en mi vida.»

«¿Y tú qué pensaste?, ¿cuándo te diste cuenta de la realidad?» «¿Yo? ¿Cómo decir? Yo intuía, o sabía oscuramente, que era guapa y que me había convertido ya en mujer. Lo leía en las miradas insolentes e intimidantes de los hombres. Y no sé cómo, también sabía que mi aspecto aniñado me hacía aún más atractiva. Mi propio cuerpo se sabía atractivo y hacía por su cuenta, sin que yo lo supiera, todo lo posible por gustar y excitar. Te juro que yo no era consciente de aquella conspiración del cuerpo contra mi verdadera voluntad. El pelo, que siempre lo tuve largo y espeso, ya no me obedecía. El culo y las caderas me llevaban como alzada en un trono, y el busto, las tetas, los hombros, parece que se sentían bien en aquellas alturas, tan a la vista de los hombres, tan expuestas a la admiración o a la curiosidad de unos y otros. Y, entretanto, yo iba pensando en mi inglés, en mi geografía, y en mis juguetes y en mis héroes infantiles, porque a mí lo que más me gustaba era jugar con mis muñecas cada vez que podía, y seguía leyendo a escondidas los cuentos ilustrados de hadas y princesas, y usaba calcetines cortos, como siempre había hecho. A veces, al andar por la calle, adelantaba dos pasos con el mismo pie, como suelen hacer las niñas, que todo lo convierten en juego. Así era yo entonces.»

Y entonces apareció Horacio. Estaban tras el mostrador cuando la madre, que había visto a Horacio antes que Sonia, se puso a hablar con exclamaciones y a hacer aspavientos. «¡¡Ay, don Horacio, qué sorpresa!!, ¡¡usted por aquí!!, ¿y cómo no nos avisó de que iba a visitarnos?», y entretanto salió rodeando el mostrador y avanzó unos pasos y con las dos manos lo invitó a entrar, «¡¡Adelante, don Horacio, está usted en su casa!!» Entonces Sonia levantó los ojos del libro y lo vio. «Estaba parado en la puerta, subido en el umbral y echado un poco hacia delante, en plan servicial, vestido con un traje oscuro de rayitas y con la cabeza ladeada y una sonrisa pícara de complicidad. En el bolsillito de la chaqueta llevaba asomando un pañuelo bordado de color caramelo formando tres puntas, como tres montañitas pintadas por un niño.»

Y Aurora trata de imaginárselo, y aunque lo ha visto muchas veces desde hace mucho tiempo, no consigue evocarlo con claridad, porque son tantas las descripciones que ha oído de él, que las palabras ajenas han terminado por suplantar a la propia experiencia. Y cuenta Sonia que desde el principio aquel hombre le produjo aprensión, tristeza y hasta un poco de miedo. «Entonces era más flaco que ahora, por lo de la anemia, y tenía la piel enferma, con algunos granitos en el cuello, unos granitos purulentos y azules, pero lo que más me impresionó de él fue su aspecto fúnebre, por más que sonriera con una sonrisa aduladora de tendero o de cura. De verdad, Aurorita, que nunca le podré perdonar a mamá que hubiese maquinado a mis espaldas para casarme con aquel hombre, por muy rico que fuese, o por muy pobres que fuésemos nosotros. Por si fuera poco, resulta que tenía treinta y seis años. Es decir, más de veinte años mayor que yo.»

La madre, sin embargo, ha negado muchas veces que las cosas ocurrieran así. «Yo nunca le hablé a Horacio de Sonia, ni lo llevé a la mercería para que se conocieran. ¡Qué ocurrencia! ¡Ni que yo fuera una alcahueta! Horacio vino a ponerse una inyección, pero como estaba allí Sonia, lo dejamos para otro día.» «¡Mentira!», dice Sonia. «Yo se lo he preguntado muchas veces: "¿Por qué entonces me mandaste arreglarme como para ir a una fiesta, y lo mismo tú, que desde el día de tu boda nunca te habías puesto tan de punta en blanco? ¿Por qué?". Y ella dice que porque íbamos a visitar a un mayorista, pero que al aparecer Horacio ella lo llamó por teléfono para anular la cita. ¡Fíjate qué absurdo! ¡Un mayorista! "Y otra cosa, ¿por qué Horacio me traía un regalo si, según tú, él ni siquiera sabía de mi existencia?"»

Porque es verdad que traía un regalo. Se acercó a Sonia con las manos a la espalda y su sonrisita obsequiosa de cura, y cuando llegó al mostrador sacó una mano y se la tendió con mucha gentileza. Sonia le dio la suya y él la tomó muy delicadamente y, en posición de firmes, hizo una leve reverencia (Sonia vio entonces que el cabello le raleaba y que por los claros se le veían escamas y costritas) y se la besó, un beso muy largo y muy leve, sin dejar nunca de mirarla y de sonreír con aquella sonrisa que tenía, que era como si compartiesen un secreto, y a Sonia se le hizo todo tan irreal que por un momento le pareció que estaban en el teatro, representando una escena que habían ensayado muchas veces. Luego sacó la otra mano de la espalda y le ofreció un paquetito muy bien envuelto en un papel de colorines, y una cinta dorada con las puntas en bucle, todo muy infantil, y una pegatina donde ponía su nombre escrito a mano: SONIA.

«¿Y eso qué?, ¿eso cómo lo explicas?», le ha dicho a veces a la madre. «Pero mamá dice que Horacio siempre lleva encima juguetes para regalar a unos y a otros, y en eso sí que tiene algo de razón, porque es verdad que Horacio, tú ya lo conoces, dice que regalar juguetes es el mejor modo de contribuir a la fraternidad entre los hombres y a la paz en el mundo, y siempre lleva juguetes en los bolsillos, como si fuese un rey mago o un prestidigitador. Pero ¿y mi nombre en la pegatina?» Y la madre: «Y yo qué sé. Cómo voy a acordarme yo de lo que hablamos. A lo mejor un día me preguntó por mis hijos y yo le hablé de vosotros, ¿qué de malo hay en eso? La gente habla, la gente se cuenta cosas. ¿Qué va a hacer la gente si no?». «¿Y qué había en el paquetito?» «Una muñeca, cómo no haberlo adivinado. Una pieza antigua de colección, una niña de porcelana con los ojos de cristal de color miel que, al darle él cuerda, se puso a dar vueltas en una peana al compás de unas notas de cajita de música muy viejas y cascadas. Tenía una melena con tirabuzones de pelo natural, y un vestido de seda con muchos encajes y bordados, y se movía con mucha dificultad, como a empellones, como si fuese a pararse en cada avance, y aunque era un juguete muy bonito y muy caro, como supe después, a mí me pareció que aquella muñeca tenía algo de fúnebre, como su dueño. Daban miedo aquellos ojos fijos y como insomnes, que tenían un no sé qué de maldad, como esos muñecos diabólicos de las películas de terror. Y mamá allí, con una sonrisa celestial y más falsa que Judas, diciendo ¡ohhh!, y dando palmas, y animándome a que también yo me sumara a la admiración y a la alegría. Ya me dirás tú si mamá no preparó todo aquello para que Horacio me conociera y acabara casándose conmigo.» Pero la madre se encorajina cuando oye a Sonia decir eso: «¿Quién me ha visto a mí decir ¡ohhh! ni ¡ahhh!, ni dar palmas, ni ninguna tontería así? Buena estaba entonces la vida para andar jugando con muñecas».

Eso fue un viernes, y siguiendo con sus intrigas, según cuenta Sonia, la madre lo invitó a comer el domingo en casa. La madre dice que eso son fantasías de Sonia, cosas que ella se inventó después para poder echarle las culpas de sus propios errores. Si lo invitó a comer en casa fue porque aquel hombre le daba pena. Vivía solo y desasistido y se alimentaba muy mal. Comía a deshora cosas sin sustancia, y de ahí le venía la anemia. Y, por otro lado, él le había hecho un regalo muy bueno a Sonia, una antigüedad muy valiosa, y de algún modo había que corresponder. Y cuando la madre se siente acorralada por tantas pruebas en su contra, suele decir: «Pero en el caso de que yo hubiese llevado a Horacio a la mercería para que conociese a Sonia a ver si congeniaban, ¿qué?, ¿dónde está la malicia? ¿No hubiera sido por su bien? ¿Qué tiene de malo, y más siendo pobres, pensar en el futuro? ¿O es que las madres no piensan en los hijos y buscan lo mejor para ellos? Ni que yo la hubiese obligado a casarse con Horacio. Fue ella la que se enamoró o se encaprichó de él, porque si hubiese querido rechazarlo, en su mano lo tuvo desde el principio y durante todo el tiempo del noviazgo».

Y entre unos y otros siguen contando que, después del saludo, Horacio le explicó a Sonia el mecanismo del juguete. Estaban tan juntos que ella sentía su aliento, el olor íntimo de sus vísceras, un olor como a medicina y a dulces de yema, y oía el chapoteo que al hablar le hacía la saliva seca dentro de la boca, y que le apelmazaba la voz. Y tampoco aquello le gustó a Sonia, ni tampoco su tono didáctico y empalagoso, ni su índice pálido y afilado cuando señalaba las piezas del juguete sin llegar a tocarlas. En todo lo que hacía, parecía estar lleno de prevenciones y de escrúpulos. Terminada la exposición, volvió a besarle la mano ceremoniosamente y se marchó. Pero antes, hubo un momento —fue como un relámpago— en que Horacio la miró de una manera tan incisiva, tan impúdica, tan llena de ansia, que en ese momento a Sonia se le hizo la luz y empezó a presentir el verdadero argumento de aquella historia singular.

En cuanto a Andrea, desde que se enteró de que Horacio vendría a comer a casa el domingo, vivía en un continuo estado de exaltación. Andrea debía de creer que Horacio era como un príncipe que venía a buscar esposa entre sus vasallos, y empezó a ilusionarse con la esperanza de que acaso fuese ella la elegida. ¿Por qué no? Aunque no era guapa ni esbelta, y menos comparada con Sonia, que en la lógica del relato infantil hubiera sido la llamada a convertirse en princesa, a pesar de eso, confiaba en las licencias románticas del destino, emponzoñada como estaba por los desafueros sentimentales de la música pop. Y, según cuenta, eso fue justamente lo que pasó, que Horacio se enamoró de ella y no de Sonia, pero que la madre, árbitro parcial en aquella contienda, tenía decidida ya de antemano la elección. «Cuando nos miramos la primera vez, los dos comprendimos que estábamos hechos el uno para el otro, pero al mismo tiempo nos dimos cuenta de que nuestro amor era imposible», le ha contado más de una vez a Aurora, y luego, bajando la voz, dice que Horacio piensa igual que ella, y que no son figuraciones suyas sino que él mismo se lo ha confesado, pero que este es un secreto grandísimo entre los dos sobre el que no puede dar detalles y que de ningún modo debe salir a la luz. Y Aurora no sabe qué pensar, si son cosas de Andrea, fabulaciones de amante despechada, o si habrá una verdad oculta que no conviene revelar.

Lo único cierto es que el domingo Horacio se presentó en casa cargado de regalos. Un coche teledirigido para Gabriel (al que Gabriel, por cierto, ni siquiera le prestó atención, según cuentan las hermanas, porque con su cochecito rojo y su vaquero le bastaba y sobraba para colmar su fantasía infantil), una guitarra acústica para Andrea, una enorme caja de bombones para la madre y un ramo de rosas blancas para Sonia («Imagínate yo, con calcetines cortos y un vestidito infantil recibiendo de aquel hombre un ramo de rosas casi tan grande como yo»). Y sin embargo Andrea: «Era tal como me lo había imaginado. Un ser puro, idealista, un soñador solitario, delicado y sensible, y necesitado de amor como un niño. Y además era muy guapo, con aquel aire angelical y desamparado que tenía». Este es otro asunto —su físico y su modo de ser— sobre el que no hay modo de ponerse de acuerdo. Para Sonia era feo y perverso, aunque lo disimulaba muy bien. «¿Feo? ¡Qué va a ser feo!», opinaba la madre. «Era un hombre normal y corriente. Y aunque fuera feo, ¿qué? Era un caballero, educado, discreto y con una buena posición. ¿Qué más quiere? Y, además, no sería tan feo cuando se enamoró y se casó con él.» Son posiciones tan encontradas, y sostenidas todas con tanta convicción, que Aurora tampoco sabe ya si Horacio era guapo o feo, o ángel o demonio, y si Sonia se enamoró o no de él.

Pero, en cualquier caso, la verdad de la historia es que aquel domingo de abril fue otro de esos momentos críticos capaces de decidir una vida. Cuando Andrea comprendió que Horacio estaba predestinado a Sonia, no solo se llenó de rencor contra su madre y su hermana, sino que perdió por completo el control de sus actos. Y, en cuanto a Sonia, al otro domingo comenzó oficialmente el cortejo amoroso.

Horacio venía a verla, y es de suponer que a pretenderla, casi todos los días, a veces a la mercería y a veces, más formalmente, a casa, y siempre llevaba algún regalo, cualquier cosita, un pequeño juguete, un cuento ilustrado, un cómic, una golosina, que sacaba por sorpresa de los bolsillos y que enseñaba en la mano cerrada. «A ver si adivinas lo que tengo aquí», le preguntaba. Si la madre estaba delante, también participaba en el juego, y cuando tardaban en adivinarlo Horacio se reía como un niño, es decir, como puede reírse un niño de treinta y seis años, y a cada vez decía: «¡Nada, nada, has fallado!», y cuando alguna de las mujeres acertaba, hacía un suspense y al final gritaba: «¡Bravo! ¡Premio para la señora!».

Los domingos por la tarde salían juntos, al principio con la madre, y después ya los dos solos. Según Sonia, la madre los acompañaba al principio por decoro, pero también para conducir y avivar el romance, y para asegurarse de que Sonia no se comportaba como una niña sino como una mujercita consciente del papel sentimental que le tocaba representar. «Me compró (aunque más bien fue una inversión) ropa adecuada para que fuese vestida de mujer y pareciese mayor de lo que era, zapatos de tacón, faldas y conjuntos formales, medias, ropa interior, y me animaba, que era tanto como obligarme, a ir muy peinada y pintada, y con un bolso al brazo como si fuese una señora, aunque yo sé que a Horacio no le gustaba que vistiese así, porque eso me quitaba el encanto de mi aire infantil e inocente.»

La madre, comentando la versión de Sonia, dice sin embargo que ella no intervino en el noviazgo, que lo único que hizo fue dar su consentimiento después de que Sonia hubiera dado el suyo, y que si Sonia se ennovió con Horacio fue porque ella quiso, y nadie la obligó a más. «Todo eso que cuenta se lo ha inventado después para excusar sus propias culpas.»

«¿Y tú por qué no te negaste a salir con él?», le preguntaba Aurora. Y Sonia: «¡Y yo qué sabía! Además, al principio íbamos los tres juntos, quién me iba a decir a mí que Horacio me estaba cortejando y que aquello era un noviazgo encubierto. Y luego ya me vi enredada en aquella costumbre de verlo casi a diario y de salir con él los días de fiesta. Y mamá siempre hablándome maravillas de Horacio, de lo bueno y generoso que era, de que daba gusto estar con él, tan educado, tan formal, tan galante. Y me decía: "Si sabes ganártelo, te dará todo lo que le pidas, y podrás aprender idiomas y viajar por todo el mundo". Pero sí, alguna vez pensé en dejarlo, y me lo propuse, pero a la hora de la verdad siempre me faltó coraje para hacerlo».

¿Y dónde iban los domingos? Y Sonia contaba que iban a merendar a cafeterías céntricas y caras, a cines de estreno, incluso al teatro, a ver películas y obras más bien infantiles, porque eran también las que más le gustaban a él, y siempre en taxi y sin reparar en gastos. Y hablaban. Sobre todo Horacio, que era quien llevaba siempre la iniciativa. Su tema favorito de conversación eran los juguetes. Sobre los juguetes se lo sabía todo, cómo eran en tiempos de los egipcios, de los romanos, en Francia, en Rusia, en China. A veces traía un juguete y lo desarmaba para mostrar el mecanismo, y luego le decía a Sonia: «Prueba a armarlo tú, a ver si eres capaz». Sonia lo intentaba, y si no era capaz, Horacio se reía de su torpeza, y le daba alguna pista para ayudarla, pero si tardaba en conseguirlo, él se impacientaba y decía: «¡Deja, deja, ya lo hago yo!», y se lo quitaba de las manos. «En esos casos, recuerdo que me sentía culpable, y torpe, y que no era digna de él. Me sentía como en el colegio cuando no me sabía la lección.» Y volvía a sentirse examinada cuando al volver a casa la madre la sometía a un incansable interrogatorio sobre las novedades de la tarde, qué había dicho él y qué había dicho ella, qué habían comido, cómo iba vestido Horacio, y nunca se cansaba de preguntar, y al final, como haciendo corolario de todo lo hablado, decía en alto, pero como para sí, que qué gran hombre era Horacio, que qué suerte tendría la mujer que se lo llevase, y que qué futuro envidiable le esperaba a su lado.

También hablaba mucho, y con una vasta erudición, de series de televisión para niños y de superhéroes infantiles de cómics de todos los tiempos, quién los creó, cuándo, cómo, dónde, Mickey Mouse, Wonder

Woman, Batman, el Doctor Muerte, el capitán América, la Hormiga Atómica, Mazinger Z, Lucky Luke. Podía hablar de Vickie el vikingo, por ejemplo, durante horas, y con el mismo rigor expositivo que un científico o un jurista. Sonia nunca había oído hablar de casi ninguno de ellos, pero él se los conocía a todos, y contaba que en casa tenía una enorme colección de cómics de todas las épocas, y que aquella colección costaba una fortuna, pero que él no la vendería ni aunque le ofrecieran todo el oro del mundo. Eso decía. «Algún día te llevaré a casa y te enseñaré mis secretos, que no he enseñado nunca a nadie», le dijo un día. Y otro día le hizo prometer con gran solemnidad que, cuando leyera los cómics, o los hojeara, tendría mucho cuidado con no dañarlos, y que por nada del mundo le prestaría ninguno a nadie. Y lo mismo con los cientos y cientos de juguetes que tenía en casa. «Se ponía pálido solo de pensar que pudiera ocurrirles algo a los juguetes y a los cómics.»

«¿Y te cortejaba de verdad? Quiero decir en qué momento...», y como Aurora no acertaba a formular la pregunta, Sonia la interrumpió para decirle que Horacio era muy educado y comedido, porque en el año y pico que duró el noviazgo no intentó apenas nada. Lo más que hacía era acariciarle el pelo y la cara o jugar con sus manos, y tardó mucho en besarla en la boca, pero muy castamente y muy de tarde en tarde. Una vez la acarició en la rodilla, y otra vez tocó sus senos, pero solo rozarlos con la mano abierta, nada más que eso, porque él decía que lo demás había que reservarlo para después de la boda, y que la pureza hay que cuidarla como lo que es, el tesoro más preciado del mundo.

«Pero ¿a ti te gustaba?, ¿sentías alguna atracción por él?» «Yo entonces no lo sabía, pero ahora sí lo sé. Entonces yo ni siquiera había pensado en si los hombres me gustaban o no. Recuerdo que tenía una manía desde los diez años o algo así, y es que cuando iba por la calle miraba a los chicos y decidía si me casaría con ellos o no. Con este sí, con este no, con este no lo sé, me iba diciendo. Y desde luego a Horacio no lo hubiera elegido jamás. Físicamente me daba como aprensión, con la cara punteada de granitos y su aspecto enfermizo, y cuando me tocaba a veces se me ponía la piel de gallina, pero no de emoción sino de susto. Me acuerdo de que al hablar me daba como asco, porque se le formaban entre los labios, que los tenía secos y pálidos, hilillos viscosos de saliva. Para refrescárselos, sacaba cada poco tiempo una cuarta de lengua y se daba un lametón, como las vacas. A veces, si me manchaba en la comida, o si me veía una mancha de carmín o de lo que fuese, sacaba un pañuelo, mojaba una punta con un poco de saliva y me limpiaba, y en todo me trataba como a una niña, y le encantaba que yo fuese una niña. Fíjate, yo creo que, si no lo dejé, si no me di cuenta del futuro que me esperaba a su lado, es porque apenas me besó ni me tocó. Pero, si quieres que te diga la verdad, yo me sentía protegida por él, porque se portaba bien conmigo, tenía muchas atenciones y siempre estaba pendiente de mí.»

Un día, cuando ya habían formalizado la relación, la llevó a su casa. Ya puesta la llave en la última cerradura, después de haber hecho saltar con otras un montón de cerrojos, volvió la cabeza sobre el hombro y miró a Sonia con una expresión trágica, y le dijo con la voz temblorosa: «Tú eres la primera persona extraña que entra en esta casa», y a Sonia le sorprendió por un instante que no incluyese a la madre en la categoría de personas extrañas a la casa.

Era, en efecto, un piso antiguo e inmenso, con innumerables corredores y salones, y habitaciones donde quizá no había entrado nadie desde hacía muchos años, todos de techos muy altos, y todos oscurecidos por gruesos cortinajes de tela y grandes camas con doseles, y débilmente iluminados por suntuosas y marchitas lámparas de araña, un piso que Horacio había heredado de una larga saga familiar de la que él era el único superviviente. En las paredes había retratos de sus antepasados, todos posando en días de gran celebración, o bien ante la fachada de la juguetería, desde que se inauguró allá a principios del siglo XIX hasta la actualidad, y los muebles y los objetos de decoración eran también barrocos y de mucho empaque, de modo que

Sonia lo recorrió turbada y sigilosa, como si estuviera en una iglesia. Y todas las cosas que había en el piso parecían velar y custodiar ante los intrusos la ausencia de los moradores ya muertos.

Cuando llegaron al salón de los juguetes, Sonia se quedó anonadada, sin dar crédito, ante el espectáculo que se ofrecía a sus ojos. Era un salón muy grande, con modernos focos de colores de luz intensa y graduada para producir los mejores efectos. En las estanterías, que llegaban hasta lo alto, se exponían por miles los más diversos tipos de juguetes, ordenados por épocas, por géneros, por edades, cada uno con su etiqueta explicativa, y también había juguetes en el suelo, extendidos artísticamente, y del techo colgaban de hilos invisibles aviones de combate, globos aerostáticos y otros ingenios voladores.

Horacio le explicó que aquella era una de las mejores colecciones de juguetes del mundo, o quizá la mejor, y que la habían creado sus antepasados, y también él, desde hacía ya dos siglos. «Ya veo que te has quedado sin palabras», dijo. Y era cierto. Sonia no sabía qué decir. Era hermoso, sí, muy hermoso, pero también era sobrecogedor. Daban ganas de quedarse a vivir allí ya para siempre, pero a la vez uno necesitaba estar lejos de aquel lugar, salir huyendo de allí para buscar refugio y consuelo en el mundo prosaico y vulgar de los adultos. Horacio, siempre atento, le echó una mano por el hombro y la condujo hacia otra habitación, donde le enseñó su colección de cómics. Y tampoco Sonia supo qué decir ante esa otra maravilla.

Luego, alegrando el gesto, le dijo en tono pícaro: «Y ahora te voy a enseñar mi habitación», y la llevó de la mano por un largo corredor oscuro, y cuando se detuvieron ante una puerta, le preguntó: «¿Preparada?». «Sí.» Y entonces encendió la luz. Era el dormitorio de un niño, pero exagerado hasta la monstruosidad. Las paredes estaban empapeladas con figuras y colores festivos y chillones y con posters de héroes infantiles, y lo mismo la colcha de la cama, los cojines y las puertas de los armarios, en el techo había estrellas fosforescentes, había peluches por todas partes, y en el suelo, sobre la moqueta, ocupando casi todo el espacio, había un circuito de vías de tren que recorría la habitación y pasaba por debajo de la cama, con sus estaciones, sus paisajes, sus puentes y sus túneles, y todos los complementos propios de la más disparatada fantasía ferroviaria.

Desde ese día, ya apenas iban al cine o a las cafeterías, sino que se pasaban las tardes enteras en casa. Leían cómics, veían series infantiles de televisión, se echaban al suelo para jugar con los mil juguetes prodigiosos del museo familiar, y a veces jugaban también al escondite. «Él me encontraba a mí enseguida, pero yo no lo encontraba nunca y al final me rendía. "¡Me rindo!", gritaba desde cualquier pasillo de aquella casa enorme, y a veces él salía de pronto de un armario o de detrás de una cortina o de un mueble, y me daba un susto tremendo, y me decía: "¡Toma ya! ¡Otra vez te gané!".» También hacían proyectos. Sonia le dijo que le gustaría retomar los estudios, aprender idiomas y viajar. Horacio le respondió que le parecía bien, pero que era mucho mejor viajar con la imaginación, como hacen los niños. Y siempre estaba a vueltas con los niños. Un día le dijo que quería tener dos hijos, que se llamarían Ángel y Azucena. Hablaba de ellos como si ya existieran y los viese correteando por el piso, y lo que más le preocupaba era que pudiesen hacer un estropicio con los juguetes o los cómics. Se ponía de los nervios solo de pensarlo. «Esas dos habitaciones tienen que estar siempre cerradas y con llave hasta que los niños sean mayores», me decía. «O mejor dicho, casi me reñía, como si yo tuviese ya la culpa del futuro estropicio. Y luego me hacía prometer que tendría mucho cuidado para que los niños no se colasen en las habitaciones. Porque los niños, me aleccionaba, son a la vez ángeles y demonios.»

«Y te casaste con él», se condolía Aurora. «Me casé con él porque sí, porque llegó un momento en que ya era imposible recular. A mí todo aquello me parecía como de mentira, casi como un juego. Yo creía que irme a vivir con Horacio, que era como un niño grande, no me comprometía a nada. Pero también me casé para librarme de mamá y de la mercería. No sé qué era peor, si casarme con Horacio o ser tendera para toda la vida, y siempre a la sombra de mamá. Y además yo quería estudiar, que era el sueño que tenía desde niña.»

Y se casaron. Se casaron por la iglesia, Sonia vestida de blanco y Horacio de chaqué. En el álbum de fotos, la madre posa rígida, vigilante, los labios fuertemente apretados, como si enfrentase un reto o un agravio. Andrea, sin embargo, aparece siempre risueña, eufórica, haciendo gestos divertidos o adoptando figuras medio cómicas. Se la ve tan alegre, tan bullanguera, y la expresión tan llena de luz, que cuesta reconocer en ella a la verdadera Andrea, la criatura sufriente que no llegó a conocer nunca la felicidad.

10

—Ya sabía yo que esto de la fiesta no iba a acabar bien —dijo Sonia—. Y tú también lo sabías, ¿verdad?

—Me lo imaginaba —dijo Aurora—. Hay demasiadas telarañas en vuestro pasado. Sois como niños. De cualquier cosa hacéis un mundo.

—Es verdad. Siempre hemos sido así. Es como si tuviésemos pequeñas heridas que nunca acaban de sanar. Yo siempre he creído que el más normal de todos es Gabriel.

—No lo sé. —Aurora tardó en contestar y lo hizo en voz muy baja, como si hablase para sí—. Quizá Gabriel no es como vosotras creéis. Quizá ni siquiera es como él cree que es.

—¡Ay, Aurorita, qué triste y complicada es la vida! ¿Por qué no somos todos más sencillos, más sinceros y amables, y menos críticos con los demás? ¿Por qué nos cuesta tanto ser piadosos? Nos hacemos la vida imposible unos a otros. Y fíjate, ahora resulta que Gabriel ha decidido suspender la fiesta. Así, casi de repente. Ya no habrá fiesta. Y seguro que todos van a pensar que la culpa es mía, empezando quizá por Gabriel. ¿Qué te ha dicho, que te ha contado de mí? Porque supongo que habréis hablado mucho de esta historia tan triste.

—No creas, últimamente Gabriel y yo no hablamos mucho. Sé lo del enfado de mamá, y que Gabriel y tú discutisteis sobre Horacio y Roberto, pero que al final hicisteis las paces.

—No sé qué decirte. Tuvimos una discusión horrible. Gabriel me dijo que yo soy la culpable de que la familia no vuelva a reunirse y a darse la oportunidad de una reconciliación.

—No le hagas caso —dijo Aurora—. Son cosas que se dicen pero que en el fondo no se sienten. Ya sabes, ideas fijas momentáneas.

—La verdad es que estuve un poco brusca con él cuando lo llamé, pero no era por él sino por los problemas que tengo con Roberto. ¿No te ha contado Gabriel lo de Roberto?

—Algo me dijo, sí, pero muy por encima. Yo creo que no se enteró bien de lo que le contaste.

—Los hombres nunca se enteran bien de los problemas de las mujeres. Quizá por eso, y por el mal genio que tenía cuando lo llamé, no le expliqué bien lo que ocurría. Se lo dije todo demasiado deprisa, demasiado a lo bruto.

—Mira, Gabriel, lo he pensado mucho y no voy a andarme con rodeos ni finezas. Si Roberto no va a la comida de cumpleaños, yo tampoco voy. Así de claro. Y si va Horacio, no iremos ni Roberto ni yo.

—Pero eso es ridículo —dijo Gabriel—. Si el viernes me dijiste que hablarías con Roberto para solucionar las cosas, y ya se lo he contado a mamá, y ella está muy contenta de que nos volvamos a reunir todos por su cumpleaños. No puedes imaginarte lo ilusionada que está con la fiesta. Y ahora sales tú con esto.

—Porque lo he pensado mejor, ya te lo he dicho. Yo ya conozco a la familia de Roberto, y es necesario que Roberto conozca a la mía, porque además él quiere conocerla, me lo ha dicho ya más de una vez. Pero como nuestra familia no se reúne nunca, solo queda esta oportunidad, no hay otra. ¿Es que no lo comprendes?

—Pero eso es absurdo. Una cosa no quita la otra. Puedes llevarlo a visitar a mamá, y luego organizamos otra comida para que nos conozca a todos. Una comida a la que no vaya Horacio.

—Es que ha ocurrido algo con Roberto. No sé cómo decirte. Le he contado lo del cumpleaños, pero no he sabido explicarle por qué él no puede ir. Lo he intentado pero no me ha salido. Al revés, me he enredado con evasivas y pretextos, que si vamos a ser muchos, porque vendrán algunos amigos y vecinos de mamá, y parientes lejanos, que con tanta gente no

137

podremos hablar con tranquilidad, que yo odio ese tipo de reuniones masivas, y según hablaba y hablaba me di cuenta de que Roberto había adivinado que le estaba mintiendo, hasta yo misma me lo notaba en el tono de voz. Fue una experiencia horrible. ¿Comprendes lo que quiero decirte?

—Claro que lo comprendo —dijo Gabriel—, pero no hay nada que no se pueda arreglar hablando. Mira, yo mismo me encargo de organizar cuando quieras una reunión familiar para anunciar vuestra boda. Así de fácil.

—Pero no es nada fácil, Aurora. Gabriel no comprende la verdadera gravedad de lo que ocurrió entre Roberto y yo. Fue la primera mentira en nuestras relaciones, la primera vez que tuve que bajar los ojos porque no me sentía capaz de enfrentar su mirada.

—¿Y él qué te dijo? —preguntó Aurora.

—¿Roberto? Al principio, nada. Se quedó mucho tiempo callado. Ya sabes, uno de esos silencios que parecen el alegato de un fiscal. Y luego empezó a hacerme preguntas sobre mamá, sobre Andrea, sobre los parientes lejanos, y finalmente sobre Horacio. Te voy a contar una cosa que no le conté a Gabriel. Yo ya le había mentido antes a Roberto. Le mentí sobre Horacio. Le dije que era un hombre atractivo, simpático, bueno, no sé, un tipo normal. Pero me callé un detalle: que era más de veinte años mayor que yo, y que ahora es ya casi un anciano. No le conté la verdad por vergüenza, y supongo que también por vanidad. «Ya se lo contaré más adelante», me decía. Y ya ves, ahora, después de descubrir que le estaba mintiendo, empezó a preguntarme cosas de él. De pronto ha aparecido entre nosotros la desconfianza, y no sé, pero tengo el presentimiento de que algo se ha roto en nuestra relación.

—Pero tu intención siempre ha sido buena —dijo Aurora—. Todos maquillamos un poco nuestro pasado para salir favorecidos, pero a esas pequeñas trampas no se les puede llamar mentiras. Seguro que Roberto, si un día se entera de todo, lo comprenderá y hasta se reirá de ti. Y más él, que es psicólogo.

—No lo sé, Aurora, no lo sé. Yo creo que las relaciones sentimentales, por muy fuertes que sean, siempre tienen algún punto frágil. De pronto hacen crac, y ya está, se rompen para siempre. Es como los flechazos amorosos, pero al revés. Eso es lo que Gabriel no entiende. Él cree que todo se arregla hablando, razonando. Fíjate que hasta me propuso de nuevo que fueran los dos a la comida, Roberto y Horacio. Lo cual quiere decir que Gabriel no se enteró de nada.

—No te enteras de nada —dijo Sonia—. Creo que a veces ni me escuchas, ni a mí ni a nadie, que solo te escuchas a ti mismo. Porque a ti solo te importan tú y tu mundo.

—Ahí me puse brava de verdad, y bien que lo siento. Pero es que yo estaba desquiciada, porque la dichosa comida de cumpleaños era la causante de mis males y porque Gabriel fue el que se sacó de la chistera esa maldita idea.

—Ya, ya me conozco yo esa historia —dijo Gabriel—. Ya sé que mamá y yo somos los culpables de todos tus fracasos. Y también de los de Andrea. Debe de ser estupendo eso de tener a alguien a quien cargarle la cuenta de tus propios errores.

—¿De qué errores hablas, desgraciado? —gritó Sonia—. Tú siempre has sido un egoísta. Tú con tu vaquero y tu cochecito rojo, y tus curruscos de pan, ya tenías bastante, y lo demás para ti no existía.

—Como tú con tus muñecas... —susurró Gabriel.

—Solo que a mí mamá no me dejaba jugar con ellas. Pero tú sí podías, claro, a ti mamá te lo consentía todo. Y encima un día me delataste, le contaste a mamá que había jugado a escondidas con mis muñecas. Eso te define muy bien, lo insolidario y egoísta que eres. Y después hiciste lo mismo con tus filósofos. Ellos, los filósofos, son la versión adulta del cochecito y el vaquero. Y hasta de los curruscos. A eso te has dedicado siempre, a jugar tú solito, sin pensar en los demás, y sin hacer nunca nada de provecho. Y siempre agarrado a las faldas de mamá... —infantilizó y ridiculizó la voz.

—Ya salió otra vez mamá, la gran culpable de tu desdicha. La bruja de tu cuento de hadas. La que te obligó a casarte con el ogro.

—Pues mira, sin querer, acabas de retratar a Horacio —dijo Sonia, y bajó la voz hasta el susurro, un susurro pensativo que dejó un remanso de silencio donde su ira pareció desmayarse.

—¿Y por qué no quieres que lo conozca Roberto? Quizá Horacio no fue un buen esposo, no lo sé, pero fue y es un buen padre, y con mamá se portó siempre muy bien.

—Y ahí yo no tuve ya fuerzas para responder. Me sentí muy cansada y muy sola, y hasta me entraron ganas de llorar. Algún día te contaré la verdad sobre Horacio. Es más, a veces me dan ganas de reunir a todos (mira, la fiesta de cumpleaños podía ser una gran ocasión), y contarles, con Horacio delante, quién es en realidad Horacio.

—No te tortures, Sonia —dijo Aurora—. Piensa en el presente, piensa en las niñas y en Roberto. Tienes un buen futuro por delante.

—¿Sigues ahí? —preguntó Gabriel.

—Sí...

—¿Estás bien?

—Sí...

—¿Por qué discutimos? Lo siento, Sonia, yo no quería decirte lo que te he dicho.

—Es igual. No importa.

—Mira, voy a llamar a mamá y voy a intentar arreglar las cosas. Dame una última oportunidad.

—¿Y yo qué iba a decir? Pues le dije que sí, porque

yo también estaba arrepentida de lo que le había dicho, y también le pedí perdón: «No quería decir eso», le dije. Así que al final quedamos casi amigos, y nos dijimos que nos queríamos mucho y nos mandamos un abrazo muy fuerte.

—Son cosas que pasan —repitió Aurora—. Todos tenemos dentro un montón de palabras que son como fieras enjauladas y hambrientas que están rabiando por salir a la luz.

—¿Y qué te dijo Gabriel después de hablar conmigo? —dijo Sonia—. Porque supongo que te comentaría algo.

—Pues la verdad es que estaba más eufórico que apenado. Me dijo que había tenido una conversación muy interesante contigo, que ya me la contaría, pero ahora no, porque ahora, dijo, «Voy a llamar a mamá». «Espérate, no llames todavía», le dije yo, «cuéntame antes lo de Sonia.» Pero él había empezado ya a carraspear y a marcar el número de teléfono y a arrellanarse en el sofá. Entonces yo me fui. Salí a la calle a dar una vuelta porque ya no aguantaba más esta especie de guerra en que habéis convertido algo tan inocente como un cumpleaños. Y cuando volví, más de una hora después, todavía continuaba hablando por teléfono. Creía que hablaba con mamá, aunque me extrañó, porque mamá es de pocas palabras, hasta que me di cuenta de que hablaba otra vez contigo, y en un tono crispado que jamás le había oído.

—Es cierto, estaba muy triste —dijo Sonia—. Muy triste y muy furioso. Y es que era la primera vez en la vida que Gabriel discutía con mamá. «Y he discutido por ti, por defenderte a ti», me dijo. Y yo le contesté: «Te lo agradezco mucho, no sabes cuánto, pero a quién se le ocurre decirle que lo mejor es que Horacio no vaya a la comida, y que en vez de él vaya Roberto. ¿Y qué te dijo ella?». «Puso el grito en el cielo», me contó Gabriel. «Dijo que qué locura era aquella, que ese Roberto no pintaba nada en la familia, que era un extraño, y que desde luego si no iba Horacio ella no quería ningún festejo, porque no había nada que festejar. Entonces yo le dije que Roberto iba a ser muy pronto tu marido y que había que aprovechar la fiesta para presentarlo en familia. Pero ella dijo: "Ya no es tiempo de amores", y no quiso hablar más del asunto.» ¿Me escuchas, Aurora?

—Sí —dijo Aurora—. A mí también me lo contó. Y dice Gabriel que ahí fue donde perdió el control de sí mismo. Vais a acabar todos locos.

—Y todo fue por defenderme a mí. Es la primera vez que Gabriel toma partido por mí y no por mamá. De pronto le reprochó la fijación que tenía con Horacio y el poco cariño que me tenía a mí. «Más vale que pensaras en el bien de tu hija y no en ese tontaina que es Horacio.» Y, yendo aún más allá, le dijo: «¿Cómo pudiste consentir que se casara con un viejo, y que pusiera sus sucias manos en una niña de catorce años?». Se conoce que ese reproche lo tenía escondido muy adentro desde hacía mucho tiempo y por fin le salió. Y ya solo sé que ahí empezaron a gritar y a ponerse como los trapos, y al final Gabriel gritó: «¡A la mierda la fiesta de tu cumpleaños! Tienes razón: no tenemos nada que celebrar contigo».

—Sí —dijo Aurora—, luego mamá me llamó para contármelo, pero no pudo, porque de repente se echó a llorar.

—¡No me digas! —dijo Sonia—. Es la primera vez que llora. A lo mejor es que empieza ahora a darse cuenta de lo que hizo y le remuerde la conciencia.

—No lo creo —dijo Aurora—. Yo creo más bien que lloraba de rabia. Dijo que erais todos unos desagradecidos. Que trabajó como una mula para sacaros adelante, que lo sacrificó todo por vosotros, y que este es el pago que le dais: coces, quejas, ofensas y disgustos. Y que no quiere saber nada de vosotros. De ninguno. Que para ella es como si estuvieseis muertos. Y tiene razón, Sonia, perdona que te lo diga. Todos estáis muertos, porque os habéis matado unos a otros.

—Lo que dices es horrible, Aurora, pero a lo mejor es verdad. Hay en todo esto como una maldición. ¿Crees que al final Gabriel y yo nos quedamos en paz? Pues no. Yo le di otra vez las gracias por defenderme, pero enseguida nos quedamos callados, sin saber qué decirnos, como si se hubiese abierto entre los dos un abismo insalvable. Fue como el silencio que tuve con

Roberto después de mentirle. Era como si Gabriel me estuviera diciendo: He insultado a mamá, y he roto con ella, por defenderte a ti, por tu culpa, por el capricho de que tu novio viniera a la comida y por el estúpido orgullo de que no conozca al padre de tus hijas. Ese silencio fue mucho peor que cualquier discusión, como si nos avergonzáramos de nosotros mismos. —Y las dos se quedaron calladas, flotando también en la incertidumbre de un mismo e insondable silencio.

11

Cuenta Andrea que, en efecto, desde el principio, desde antes incluso de conocer a Horacio, pensó que ella podría ser la elegida, no por su belleza sino por las deudas y reparaciones que le debía el destino, por haber sido abandonada por su madre con dos o tres años, por la muerte del gato, por no haber nacido esbelta y bonita como su hermana, y en general por el papel de Cenicienta que le había tocado representar en la familia y en el mundo. Quizá ahora llegase el momento de la recompensa. Por otra parte, las heroínas de sus canciones favoritas eran audaces y rebeldes y no dóciles y aniñadas, como le ocurría a Sonia. Para corroborar su esperanza, ahí estaban además las miradas furtivas de Horacio durante las reuniones familiares, porque siempre encontraba el modo de poner sus ojos en ella, con una intención y una fijeza que a veces subrayaba con una sonrisa de pudor. Y nunca se olvidaba de traerle un regalo, cualquier cosita, y al entregárselo le retenía la mano unos instantes, como si le hiciese una seña secreta o le dijese: Este regalo lo he escogido especialmente para ti, y contiene un mensaje que solo tú y yo sabemos descifrar. Y sus caricias furtivas al besarse y al rozarse las manos, quizá no tan inocentes —ellos lo sabían— como pudieran parecer. Es verdad que Andrea tenía apenas trece años, pero su instinto de mujer, y el miedo a que Horacio eligiera finalmente a Sonia, la dotaron casi de inmediato de un principio intuitivo de madurez insospechado hasta entonces en ella.

«Aunque yo creo que nací ya adulta», le contaba a Aurora, recordando aquellos tiempos desdichados. «Antes de nacer, yo ya miré por la ventana del ombligo y vi las llamas del infierno. Yo sabía ya desde el principio a qué tipo de lugar había venido a parar.» Pero el amor fue su bautismo de alegría, como solía decir. De alegría y de luz, porque el amor vino muy pronto a iluminar las sombras que habían oscurecido prematuramente su alma infantil. «¿Tú has vivido la sensación de que alguien te desarma el cuerpo? Pues eso es lo que yo sentía cuando Horacio me miraba. Yo era una niña, sí, pero me estaba convirtiendo ya en mujer. Es más, creo que nunca he sido tan mujer como entonces. Y aquella mujer recién llegada le dijo a la niña: "Vamos, ponte una camiseta y un calzado ligero, porque el paraíso no está lejos. Corre, corre, pequeña". Porque ese era mi sueño, casarme con Horacio, viajar en moto rumbo al sur y tener un hijo con los ojos azules.»

Luego, cuando Sonia y Horacio comenzaron a salir juntos los domingos, a veces en compañía de la madre, y después ya solos, ella empezó a comprender. Pero aun así pensó que acaso Horacio quería conocer a las dos para afinar bien su criterio, y que había empezado con Sonia porque era la mayor, o quizá porque ella, Andrea, era demasiado niña para él, y había que esperar a que creciera un poco más, solo un poco más. Sin embargo, cuando la relación se fue consolidando, acudió a su mente la idea confusa, pero radiante y tremenda, de una conspiración. Y ahí, naturalmente, apareció de inmediato la madre. Ella había preparado todo para que Horacio se casara con Sonia. Es posible, incluso, que ni siquiera hubiera pensado en ella, en la hija pequeña y prescindible, la segundona, como una opción real. En cuanto a Sonia, la mosquita muerta, la princesita de la familia, la primogénita, la que había sido agraciada por el destino con una figura y unos rasgos mucho más lindos y finos que los suyos, la niña pulcra y aplicada, quizá también ella hubiese conspirado a su modo para llevarse a Horacio sin darle a su rival la más mínima opción de competir por él. «Mamá, el diablo de la lengua de plata, y Sonia, la muñeca con tripas de serrín, eran las mentes perversas, los chacales dañinos, que habían tramado nuestra destrucción.» La de Horacio y la suya, porque siguió pensando que, sin ventajas en el juego, Horacio y ella hubieran sido los elegidos por el destino para vivir un amor de leyenda.

Se llenó de odio contra la madre y contra Sonia, y las sombras volvieron a oscurecer su alma. Cuando Horacio venía de visita a casa, a veces a recoger a Sonia para llevarla de paseo, Andrea lo miraba con un mudo clamor de imploración que él no podía menos que percibir como propio, y luego se asomaba al balcón para ver cómo se alejaban camino del futuro que ella había soñado para sí. Un sendero de luz por el que ella, Andrea, no habría de transitar jamás. Ya no habría paraíso, ni llegaría nunca a existir el hijo de los ojos azules. «Ahí es donde descubrí yo que el amor muerde como ninguna fiera en este mundo, y me dije: "Has perdido, guerrero cheroqui", y sentí que el diablo cabalgaba a mi lado.» ¿Y cómo podían llegar a entenderse la niña que era con la mujer adulta que el amor había engendrado en ella? ¿Cómo la niña podía sobrellevar esa carga inhumana?

Durante días y días anduvo divagando por el laberinto de las rutinas cotidianas, a pesar de que ya no tenía ni ganas de coger una escoba y barrer los pedazos rotos de su vida. Iba al colegio, se ocupaba de las tareas del hogar, comía sin levantar los ojos del plato, dormía sueños confusos de los que se despertaba alucinada, y cuando se reencontraba cada mañana en el espejo, se miraba con un sentimiento de extrañeza, como si no acabara de reconocerse, buscando lo que de feo y de repugnante había en su rostro, en su cuerpo, horrorizada de su propia existencia, envenenada por el odio que se tenía a sí misma. «Y a todas horas yo oía los vientos de guerra silbando sin parar, noche y día sin parar.» Hasta que un día se dijo: «¿Por qué no me suicido?», y se admiró de que esa idea tan sencilla, tan pura, no se le hubiera ocurrido antes, o hubiese tardado tanto en madurar. Se llenó de la más negra euforia ante ese proyecto que, de algún modo, la redimiría de todas sus miserias, de su fealdad, de sus piernas cortas y gordas, de su pelo lacio, de sus ojos chicos y sin brillo. Su martirio la dotaría de la belleza y de las cualidades que le negó el destino. «Ahora sabrán quién soy», se dijo. Se sintió ágil, leve como la espuma. Se imaginó regresando al hogar en una canoa tras la aventura fallida de la fiebre del oro, a través de bosques vírgenes y ríos voraginosos, pobre, sí, y también derrotada, pero rica en experiencias y conocimientos, y con una historia triste y hermosa que contar. Dejaría una nota para que todos conociesen esa historia admirable y no pudieran olvidarla ya nunca.

Eligió un domingo para poner fin a su vida. Horacio y Sonia habían salido en busca del paraíso y solo estaban en casa ella y la madre. En una cinta, había grabado su testamento musical, una de sus canciones favoritas. La envolvió en papel de aluminio y prendió en él una nota: «Poned solo esta frase sobre mi tumba: TAKEN BY FORCE. En esa canción está mi historia. Si os interesa conocerla, que Sonia, nuestra preciosa princesita, la traduzca. Fin del misterio. Adiós». Acto seguido dijo: «Con esta mano sello mi destino», y se tragó a puñados un cóctel de pastillas, que empujó con un vaso grande de anís, perteneciente a una botella que se guardaba en calidad de reliquia en el aparador desde los tiempos del padre, para que así la muerte le doliera menos, y se quedó en pie, inmóvil, aguardando el fin. Sintió una enorme, una maravillosa paz. Ahora flotaba en el infinito vacío del universo, mientras los astros giraban a su alrededor. Aflojó el cuerpo para abandonarse a la dulce ingravidez del verano, porque era verano, y en un instante el mundo se borró de su mente mientras se derrumbaba como a cámara lenta hasta quedar tendida en el suelo en una composición trágica, bella y trágica, tal como ella había imaginado que sería su final. «Las sombras que han servido para ocultarme serán ahora mi tumba», fue lo último que pensó, mientras oía cómo los ángeles del infierno batían las alas en su honor. Y después fue la nada.

Eso es lo que cuenta Andrea, pero la madre dice sin embargo que aquello, como tantas cosas de Andrea, era solo teatro. Había preparado la habitación como si fuese un escenario, la guitarra caída junto a ella con el mástil apoyado en su pecho, las cintas de música esparcidas a su alrededor, la ventana abierta para que los visillos ondearan fúnebremente sobre sus cabellos... «Yo llevaba muy bien las cuentas de las pastillas que había en casa. Cuando la vi tirada allí en el suelo, con los brazos abiertos como crucificada y vestida con su mejor ropa, fui al botiquín y vi que faltaban seis o siete pastillas, entre antiinflamatorios, antibióticos y aspirinas, que es lo único que teníamos. Toda la habitación apestaba a anís. Calenté agua, la salé, y la obligué a beber dos o tres tazones, hasta que vomitó todo lo que tenía dentro. Cuando llegaron Horacio y Sonia, estaba durmiendo la mona, y ni siquiera les conté lo que había ocurrido. Eso es todo lo que pasó, y lo demás son figuraciones suyas.»

Pero Andrea sostiene que se tomó varios puñados de pastillas, que estuvo al borde de la muerte, y que si la madre no llamó al médico fue por la vergüenza de que todos viesen cómo se le suicidaba una hija, y también por ahorrar dinero, y sobre todo porque, en el fondo, a ella le daba igual que la hija se muriese o no. Una boca menos que alimentar. «Todo el cariño del que mamá era capaz, que era bien poco, lo reservó para Gabriel, y algo también para Sonia, y para mí no quedó ya nada. A mí me aborreció nada más nacer, quizá porque ella esperaba un varón, y así ya hubiese tenido la parejita, y entonces llegué yo y le estropeé el plan. Sin embargo, para papá yo era su preferida. "Mi princesita", me llamaba. Una vez me llevó al zoo, los dos solos, y nos montamos juntos en un camello. Creo que aquel fue el día más feliz de mi vida. Nos hicimos incluso una foto, los dos en el camello, pero un día la foto desapareció para siempre. Estoy casi segura de que mamá la destruyó.»

La historia de su suicidio, sin embargo, ha llegado hasta hoy, se ha ido consolidando a base de convicción y de perseverancia, y ya nadie sabe con seguridad qué fue lo que ocurrió aquella tarde de verano. Y lo mismo pasa con otras historias que vienen rodando desde entonces, creciendo como riadas que todo lo anegan y desbaratan a su paso. Historias que, unas con otras, van engordando en un nudo sin fin. Por ejemplo el rapto místico de amor que tuvo nada más despertarse del suicidio. Porque el suicidio, cuenta Andrea, le sirvió para descubrir a Dios. En algún momento, mientras esperaba a la muerte, o quizá luego, cuando yacía agonizante en el suelo, la asaltó una visión. Vio una carretera recta y solitaria que se extendía infinita a través de un desierto rocoso y de tierra rojiza. Ella caminaba por el borde de esa carretera, bajo un sol implacable de mediodía, y se sentía abandonada, sedienta, exhausta, a punto ya de caer y morir y ser devorada por los coyotes y los buitres. «¿Te acuerdas, Aurora?» Y Aurora dice que sí, cómo no ha de acordarse si lleva años escuchando esa historia. «Yo estaba tan perdida que solo el doctor Livingstone podría haberme encontrado. Perdida como nadie en la vida.» Pero entonces apareció un puntito luminoso y rugiente en el horizonte, que se acercaba hacia ella a gran velocidad. Oyó venir el ruido creciente y la luz deslumbrante, el sol reverberando en los cromados de una motocicleta de gran cilindrada que se detuvo a su altura y cuyo conductor, vestido todo él de cuero negro y con una larga melena rubia que le salía bajo el casco y se le derramaba por los hombros, la invitó a subir.

«Es muy difícil de explicar, Aurora. Imposible. Porque con los destellos se me habían llenado los ojos de chiribitas de colores y no distinguía nada, y recuerdo que pensé: "La luz que nos guía también nos ciega", y además de pronto la moto ya no era exactamente una moto sino un viento amoroso que me arrebató como si fuese una pajita y me llevó volando y como acunándome sobre las asperezas y soledades de este mundo. Nunca he sido tan feliz como en ese momento, tan feliz como cuando monté con papá en el camello, y al despertar me sentí fatal por haber despertado, pero a la vez seguía siendo feliz porque acababa de descubrir que Dios existe, que el amor universal existe, y que hasta los ángeles también existen. ¿Y sabes lo que hice entonces? Fui a la cocina, donde oí trajinar a mamá, y la abracé con todas mis fuerzas. "¡He visto la luz, mamá!", le dije. "He visto la luz y ahora sé que te quiero más que a nada en el mundo. ¡Mamá, he encontrado la llave que encaja en la cerradura de tu corazón!", y me eché a llorar sin dejar de abrazarla.»

Y la madre: «Estaba todavía un poco borracha y hablaba con la lengua de trapo, y no paraba de decir tonterías». «Mamá, quiero irme a un convento, quiero ser monja de clausura y cantar en el coro.» Y la madre le dijo: «Cuando seas mayor de edad puedes hacer lo que te dé la gana. Pero ahora ve a lavarte, vístete como Dios manda, y luego recoges tu habitación y te pones a estudiar, que ya por hoy está bien de pamplinas».

Durante más tiempo del que todos suponían, Andrea continuó con la idea fija de meterse a monja, y hasta escribió y visitó algunos conventos para ofrecerse de novicia. «Pero siempre me decían que, además de la vocación, necesitaba el consentimiento materno, y mamá no estaba dispuesta a darme el permiso. Mamá decía que yo era muy caprichosa, y que no tenía constancia para nada. "A ver lo que te dura el antojo de la religión", me decía. ¿Y sabes una cosa? Me duró mucho tiempo, y creo que de monja mi fe se hubiese consolidado y habría llegado a ser feliz. Pero mamá nunca me dejó hacer nada de lo que me gustaba.»

En cuanto a la visión mística que tuvo, Sonia contaba que la motocicleta, el motorista, la carretera y el paisaje aparecían tal cual en un póster que tenía en la pared de su habitación. «Era una Harley-Davidson en uno de esos desiertos que aparecen en las películas del Oeste.»

Pero, sea como sea, Andrea le contó a todo el mundo que, en cuanto fuese un poco más mayor, se metería a monja, y hablaba de su futuro en el convento —los paseos silenciosos por el claustro, los trabajos de repostería y horticultura, el coro, los rezos, la celda, la meditación, la castidad, las experiencias místicas, la celosía y el torno— como si ya solo le faltase el hábito para hacer realidad aquel ensueño. Ahora bien, gracias a su vocación, pudo sobrellevar con entereza los desengaños del amor. Sufriría, sí, pero ofrecería su sufrimiento a Dios, como penitencia y homenaje, y aceptaría su suerte con abnegación y hasta con alegría, y su renuncia a Horacio sería también un motivo de gozo, porque muy pronto empezó a encontrar en el dolor una secreta forma de placer. Cada sonrisa que dedicaba a los novios, a Gabriel, a la madre, cada frase simpática y cortés, cada acto de amor, eran para ella un sacrificio cuya recompensa se cobraba al instante. Nunca estuvo tan servicial y amable como entonces. Y así es como aparece en las fotos de la boda, exagerando su dicha y su contento, y así es también como la recuerdan Sonia y la madre. «Siempre estaba de buenas, siempre alegre y dispuesta, y daba gusto estar con ella», cuenta la madre. «Hasta dejó de escuchar esas canciones de locos que tanto le gustaban, esas canciones que son solo ruido y nada más que ruido, y siempre iba limpia y arreglada, y hacía las cosas con tanto agrado que parecía como un milagro, y yo llegué a pensar que a lo mejor su vocación de monja no era ninguna tontería.» Y Sonia: «Yo creí que estaba tan feliz por Horacio y por mí, y sobre todo por su vocación religiosa. Yo sí la creí cuando me lo contó. Porque le pegaba mucho ser monja, me parecía a mí. Lo que no le pegaba nada era tener hijos, y ser ama de casa, o trabajar de oficinista o de enfermera». En cuanto a Andrea, cuenta que disfrutaba complaciendo a todos, siendo la sierva fiel de todos. «Yo sabía observar a través de los ojos de las mentiras y sabía que el infierno está lleno de tontos, y a mí me daba lástima la gente. Porque visto desde Dios, como cuando aquel viento me arrebató y me llevó volando por el cielo, visto así, el mundo me parecía irrisorio, una superchería, algo impuro que daba pena e inspiraba piedad. No sé si me entiendes, Aurora, pero yo estaba inflamada de amor por el prójimo, y no había ofensa que yo no supiera perdonar, ni un mal gesto al que yo no respondiera con una sonrisa de misericordia. ¿Me oyes, Aurora?» Y Aurora seguía escuchando el fluir incesante de esas pequeñas historias familiares que no terminaban nunca de contarse, aunque solo fuese porque era necesario repetirlas para que pareciesen cada vez más verdaderas y adquiriesen de paso un mayor dramatismo, y porque, en el hervidero de la memoria, hasta los episodios más triviales cobraban con los años la significación y la grandeza de una advertencia o de un designio, hasta acabar encajando en el entramado de un destino fatal. Y todo contado con mucha grandilocuencia, claro está, como era propio de hechos que, si en su origen fueron irrelevantes y hasta cómicos, con el tiempo habían ido alcanzando una dimensión legendaria, donde el humor y la ironía estaban prohibidos de antemano.

Y en ese tono contaba Andrea que, cuando Horacio y Sonia se fueron a vivir juntos, poco a poco se fue sintiendo vacía, huérfana de ilusiones, y que tal como le vino, se le fue la fe en Dios. Quizá lo que ocurrió es que sus anhelos religiosos solo tenían sentido si Horacio y Sonia eran testigos de su devoción, de su humildad y de su afán de sacrificio, y al encontrarse sin espectadores ante los que representar su papel estelar, todo su delicado edificio espiritual se le desvaneció como en un espejismo. Pero ella dice que no, que fue la madre e incluso Gabriel los que malograron su vocación religiosa. Gabriel, aunque tenía ya once años, seguía jugando como si tal cosa con su vaquero de plástico y su cochecito de metal, ajeno a todo cuanto ocurría a su alrededor, y del todo insensible a la dulzura y a los mimos con que Andrea lo trataba. «No lo digo por criticar, Aurora, es solo un comentario. Ya sabes lo mucho que yo quiero y admiro a Gabriel.» Y en cuanto a la madre, poco después de la boda la informó de que a partir de ahora tendría que ayudarla en la mercería, además de las tareas del hogar, y de paso le dijo que, si volvía a repetir curso, que se olvidara de estudiar, y hasta le aconsejó que abandonara los libros y que se dedicara solo a la mercería, que como Sonia ya tenía solucionada su vida, ella podía también solucionar la suya trabajando en un oficio tan cómodo y honrado como era el del comercio. Andrea se revolvió furiosa ante el ultraje de que alguien se atreviese a imaginar siquiera para ella un porvenir tan materialista y tan vulgar. «Si estás buscando problemas», le dijo a la madre, «acabas de encontrar a la persona adecuada.»

Entonces se armó entre ellas una trifulca que sentó las bases, y el ritual, y casi toda la casuística, de una enemistad que duraría ya siempre. Se dijeron de todo. Allí salió el día en que la madre la abandonó a su suerte, allí salió el gato, la destrucción del cuadro del Gran Pentapolín, el odio secreto que siempre había sentido hacia ella y quizá también hacia el padre, con el que se había casado sin amor, porque ella era incapaz de amar a nadie que no fuese Gabriel, allí salió el suicidio, el convento, y hasta salió también Horacio. «¿Por qué no pude yo casarme con Horacio? ¿Por qué Sonia y no yo? ¿Por qué tienes que andar siempre sacándome defectos? ¿Por qué sin embargo a Gabriel y a Sonia no los criticas nunca y les permites todo? ¿Por qué Gabriel fue a Londres y yo no, y por qué hasta los curruscos del pan son siempre para él? ¿Por qué me aborreces? ¿Por qué siempre estás en contra mía? ¿Por qué nunca me hablas con dulzura? Si soy mala estudiante es por ti, por tu culpa. Porque tú me has llenado de complejos hasta conseguir que pierda la confianza y la fe en mí misma.»

La madre, sin perder nunca la calma, rígida, inexpresiva, el moño duro, le echó en cara su falta de voluntad, su dejadez, sus malos modos, su ingratitud y su desvergonzado atrevimiento por tratar así a una madre que lo había dado todo por sus hijos. «Andrea no estudió porque no le dio la gana, porque era una mostrenca», le contaba a Aurora. «No había más que verla: siempre desarreglada y sucia, porque vestía de cualquier manera y apenas se aseaba. Nunca se sentaba formalmente, sino sobre una pierna, o escarranchada, y a todas horas fumando en su habitación y oyendo aquella música de truenos y chillidos. Parecía un marimacho. ¿Cómo iba a casarse ella con Horacio? Ni con Horacio ni con nadie. ¿Cómo la iba a mandar a Londres ni a ningún sitio? Una enemiga, eso es lo que siempre ha sido ella para mí.»

«Más vale que pensaras en tu futuro», le dijo. Y Andrea: «Ya he visto mi futuro y lo he olvidado», dijo, y por ese camino volvió a salir el asunto de la mercería. «Antes que en la mercería me meto a puta. Pero puta con alas», dijo Andrea. «¿Qué pasa?», dijo la madre, un poco en son de burla, «¿que ya no quieres ser monja?» «¡Tú me has quitado la vocación, dama de las tinieblas! Tú siempre te has opuesto a todos mis sueños, y los sueños se pudren si no les da la luz. Y aquí, en esta casa, no brilla nunca el sol. No, ya no creo en el huerto de los olivos ni en las treinta monedas de plata. Ya no creo en nada.» «¡Anda que no te conozco!», dijo la madre. «Vamos a ver lo que tardas en inventarte una nueva tontuna para no tener que trabajar.» «¡Pues sí, mire usted por dónde! ¡Ya he encontrado otra tontuna, como tú llamas a los sueños! ¡Ahora mismito acabo de encontrarla! ¡Me voy de casa!», y se dirigió a todo meter a su habitación a hacer el equipaje. La madre solo dijo: «Ahí tienes la puerta», y se puso a remendar ropa, que es lo que estaba haciendo antes de la discusión. «¡No volverás a verme nunca!», gritó mientras metía sus cintas de música y algo de ropa en la mochila. La madre no contestó.

Era una tarde fría de otoño, recuerda. Se puso un jersey y su cazadora negra de cuero sintético y salió de la habitación dando un portazo, para proclamar bien alto el tamaño de su ira y lo irrevocable de su decisión. Gabriel jugaba en la mesa con su cochecito y su vaquero. Le dio un beso. «Me voy para siempre, Gabriel», le dijo. Gabriel la miró sin comprender, desde el estupor de su inocencia. Luego abrió la puerta de la calle y gritó desde el entreabierto: «¡Adiós, asesina de gigantes! ¡Me voy a buscar mi otra mitad! ¿Me oyes?», y solo recibió por respuesta el soniquete de la máquina de coser.

Anduvo caminando a la ventura y sentándose a ratos en los bancos hasta muy entrada la noche. No tenía dinero. Nada, si siquiera unos céntimos. Empezó a sentir hambre y frío, y también soledad y miedo, y rabia y arrepentimiento, todo revuelto en un malestar que por momentos se le hacía insoportable. «Lejos del hogar, lejos del mundo, y a solas con el universo, mi vida era ya una partida perdida», contó muchas veces. Pero de pronto se acordó de Horacio y de Sonia. Ellos la acogerían y la comprenderían, sobre todo Horacio. «¡Horacio!», se dijo. «Él no permitirá que pase hambre y frío, él me abrigará y me dará de comer como a los niños. Él pondrá un as de picas en mi mano. Él me guiará a través de las sombras», y se puso a caminar a buen paso. «Era como si la luna de otoño iluminara de pronto mi camino», cuenta, «como si navegara con buen viento por un rumbo seguro.»

Cuando llegó a casa de Horacio y de Sonia empezaba ya a clarear. La recibieron alarmados. Qué haces aquí, qué ha pasado, por qué lloras, estás tiritando, cuéntanos. «Horacio llevaba un pijama de franela con dibujos de los Picapiedra. Estaba guapísimo.» Eso es lo que mejor recuerda mientras contaba entre hipos y balbuceos su versión de la historia. Sonia le trajo algo de comer y Horacio le acariciaba el pelo y le decía: «Ya está, ya está, ya pasó». Y cuando la llevaron a la cama, Horacio se quedó a su lado, hablándole quedo y sin dejar de acariciarla, hasta que se durmió.

Al otro día vio por primera vez el piso de Horacio, y recorrió sus interminables corredores y estancias, y se quedó maravillada con el salón de los juguetes y con el dormitorio matrimonial adornado con motivos y colorines infantiles, y entonces se dio cuenta de que seguía enamorada de Horacio, y ahora que conocía su casa, su mundo, todavía más, y comprendió que lo de Dios había sido solo un sueño de cuyas últimas duermevelas despertaba por fin. Entre Horacio y Sonia la convencieron para que regresara a casa, y hasta la acompañaron para mediar ante la madre y sellar la paz entre ellas. Y, mal que bien, así acabó aquel otro episodio, también épico y memorable, de la fuga.

A partir de ahí, la historia de Andrea se vuelve difusa, y en ella apenas aparece Horacio. A Aurora le extraña que un personaje tan relevante se desvanezca de golpe en el relato. Andrea solo cuenta que, loca y desesperada de amor y frustración, su vida entró en un infierno del que prefiere no recordar nada. Eso dice ella, a la que tanto le gusta recordar y escarbar en la memoria en busca de tesoros ocultos. Solo se sabe que desatendió ya por completo los estudios y que se negó a trabajar en la mercería. Y cuenta vagamente que entonces fue cuando tuvo sus primeros amigos de verdad, gente como ella enamorada del peligro, hijos de la tempestad, reyes del inframundo, de los que gustaban viajar a la cara oculta de la luna, bólidos sin control, muñecos de resorte en una caja de sorpresas. «Todos los días me emborrachaba. Pero el alcohol se me quedaba ya pequeño, y necesitaba más, caer más en el abismo, porque la vida para mí no significaba nada y sentía que en adelante ya solo podría vivir con el diablo en las venas.» Eso cuenta. Y la madre certifica que, en efecto, se dio a beber sin tasa, que había noches en que no aparecía por casa y otras en que aparecía borracha y a deshora, siempre a deshora, y que su habitación olía a una mezcla de suciedad, de alcohol, de tabaco y de porro. «Le preguntabas y no te contestaba, le ponías el plato y no comía, y si comía, despreciaba lo mío y engullía cualquier cosa, lo primero que encontraba, de pie, sin sentarse a la mesa, y luego se atrancaba en su habitación, con la música a todo meter, o aporreando la guitarra, y solo salía para irse otra vez a la calle con los amigotes, y a veces tardaba tres o cuatro días en volver.»

Y en una de esas, faltó una sortija de mucho precio que la madre guardaba en una caja de terciopelo con otras reliquias familiares al fondo de un armario. Era una sortija que venía por herencia de varias generaciones atrás, el único objeto valioso que hubo nunca en casa. La madre le tenía mucha fe a aquella sortija, porque según le había oído contar a su abuela, un joyero que la tasó dijo que se trataba de una pieza única, y que, solo por su rareza, debía de valer ya una fortuna. En caso de apuro, pensaba la madre, siempre podrían sobrevivir con la sortija. O bien podría servirle para tener una buena vejez. Y un día, resulta que la sortija ya no estaba. Hacía apenas una semana que la había visto por última vez y ahora no estaba. Fue tal su cólera, que esperó despierta a que llegara Andrea, y cuando llegó, ya de madrugada, sin mediar palabra le cruzó la cara, y le siguió pegando mientras le preguntaba por la sortija y la maldecía y la llamaba ladrona, granuja, canalla, criminal, y que dónde estaba la sortija, ¿cuánto te han dado por ella?, ¿qué has hecho con el dinero?, y que si la sortija o el dinero no aparecían, mañana mismo le pondría una denuncia para que la metieran en un correccional. Pero por más que la interrogó y le pegó y la amenazó, Andrea dijo que ella no había robado la sortija, que ni siquiera sabía de la existencia de la sortija, y ya para siempre sostuvo su inocencia, y la esgrimió como una prueba más de la mala fe que la madre le tuvo desde siempre. La madre, sin embargo, no altera la voz para asegurar que Andrea le robó la sortija y se gastó el dinero con sus amigotes en drogas y en alcohol.

Desde ese día, el trato entre ellas se hizo insostenible, y solo la mediación de Horacio consiguió poner algo de paz en el hogar. Pero la sortija ya quedó para siempre como emblema del bando al que cada cual pertenecía. Para compensar la pérdida de la sortija, y de paso para poner fin a su vida caótica, la madre la puso a trabajar. Ella misma le buscó el empleo de asistente en una residencia de ancianos. «Tardarás muchos años en pagar la sortija», le dijo la madre, «pero la acabarás pagando.» Entonces Andrea le pidió una última oportunidad. «Por favor, mamá», le dijo, «déjame apuntarme a una academia de música. Yo tengo talento musical, créeme, te lo juro por Dios. Seré una gran compositora, y también cantante y guitarrista, tendré mi propia banda, ganaré muchísimo dinero, y te daré mucho más de lo que vale la sortija. Seremos muy ricos, mamá. Yo tengo un mundo de canciones dentro de mi cabeza.» Pero la madre se mantuvo inflexible. «Ya sabía yo que algo inventarías para no tener que trabajar», le dijo. Solo hizo una concesión a aquel nuevo y estrambótico sueño: «Si quieres aprender música, hazlo por tu cuenta y en los ratos libres. Que la música no es una carrera».

En este punto, el memorial de agravios de Andrea se desborda en clamor. «Era mala estudiante, sí, ¿y qué? Hay malos estudiantes que luego se corrigen y terminan siendo incluso los mejores. Hay que tener paciencia con los hijos. Los jóvenes tienen crisis, y eso fue lo que me pasó a mí. Yo estaba buscándome a mí misma, mi lugar en el mundo. Además, cuando no te quieren de niña, ya tampoco te quieres tú a ti misma, y fracasas en todo. La educación empieza en el amor. Pero mamá es muy bruta, siempre fue muy bruta, y muy egoísta y rencorosa, y no tuvo escrúpulos en ponerme a trabajar para que le pagase la sortija que yo no había robado.»

Según Andrea, la madre le arruinó un brillante porvenir de compositora, de cantante y de guitarrista. «Yo tenía muy buena voz.» Y si Sonia o Gabriel o la madre le decían: «Pues nunca te oímos cantar», ella contestaba: «¿Para qué?, ¿para que os rierais de mí?». Pero lo que más le gustaba era componer canciones, la letra y la música, tenía una gran facilidad para idear una frase, un tema, y encontrarle luego la melodía apropiada. Sus amigos creían en ella, y entre varios estaban ya pensando en formar un grupo de rock métal (hasta el nombre lo tenían ya elegido: Medianoche en el Sótano), cuando la madre la puso a trabajar en la residencia, el trabajo más duro y sucio que encontró, para así vengarse de ella, de todo el odio que le tenía desde que nació.

Nunca fue tan desgraciada como entonces. Trabajaba mañana y tarde, con un rato para comer allí mismo lo que la madre le ponía en la tartera, comida congelada para engullir aprisa en un laberinto de hormigón, y todo el día limpiándoles el culo a los viejos, escuchando sus gritos inhumanos o sus frases absurdas, porque casi todos estaban medio locos, llevándolos al baño y ayudándolos a mear y a cagar, dándoles de comer y recogiéndoles las babas, y siempre impregnada de aquel olor inconfundible a mierda y a lejía que no había forma de quitarse de encima. Y sí, claro que le daban pena los viejos, pero más pena se daba ella a sí misma viéndose tan joven y con su vida echada ya a perder, y sin esperanzas de remisión, mientras sentía latir en el trasmundo de su imaginación las canciones que aguardaban a salir a la luz pero que, como ella, estaban condenadas ya para siempre a las tinieblas: ese era su destino, que con el correr de los años iría a desembocar en la locura y en la suciedad de la vejez. He ahí el argumento de su vida, ya trazado en los umbrales mismos de su juventud. Medianoche en el Sótano: sí, estaba bien elegido ese nombre.

«Solo podía sobrellevar aquella condena con el alcohol. Siempre tenía en mi taquilla una botella de vodka y de vez en cuando iba a echar un trago, y así, siempre un poco borracha, podía llegar hasta el final de la jornada.» Tanta era su desesperación, que le dijo a la madre que, de acuerdo, que trabajaría en la mercería, pero ahora fue la madre la que dijo que no, que ella carecía de jeito para tratar al público y que con su mal genio le espantaría a la clientela. La madre pensaba además que cuidar ancianos en una residencia moderna y confortable era un buen trabajo, y con futuro, porque con aplicación y esmero, y dándose a valer, podía ascender a jefa de planta y, si se lo proponía, a donde ella quisiera. ¿Qué tenía de malo aquel empleo para que ya siempre se lo echase en cara, y la acusase de haberle estropeado un brillante porvenir musical?

Y así las cosas, de pronto todo cambió. Esto lo sabe Aurora por la madre, no por Andrea. De un día para otro, cuenta la madre, empezó a arreglarse, a comprarse ropa, a comportarse con finura, a estar contenta a todas horas. «Parecía otra. Porque ella cuando quería no le tenía nada que envidiar a nadie. Estaba hasta guapa, y yo pensé que a lo mejor se había echado un novio, pero no me atreví a preguntarle nada, porque cada vez que le preguntabas algo ella te respondía con una coz.»

Pero tampoco a Aurora, ni a nadie, le contó nada Andrea de aquel cambio tan repentino, sino que el relato de aquella época divaga por terreno impreciso, sin formar cauce, y Aurora lo ha escuchado siempre sin entender bien el argumento, como quien lee un libro al que le faltan unas cuantas páginas esenciales que le hacen perder de pronto el hilo de la historia.

12

Fue la madre, con su fino instinto para la fatalidad, la primera en detectar algo extraño en la niña, una anomalía que aún no se había manifestado, pero cuyas señas podían ya adivinarse. «Esta niña no es normal», dijo. Sonia y Andrea, y hasta Gabriel, alzaron la voz contra la madre para acusarla de derrotista y aguafiestas, y la acosaron con preguntas: Qué había visto de raro en la niña, qué pruebas tenía para decir que aquella criatura sana y preciosa, con solo unos días de vida, sufría una enfermedad, por qué era siempre tan lúgubre y tan pesimista, qué sabía ella de medicina ni de nada para aventurarse a hacer ese negro pronóstico. Y la madre: «No sé por qué pero esa niña no es normal».

A los pocos meses empezaron a observar que, en efecto, había algo inquietante en la conducta de la niña. No atendía a las palabras ni a las incitaciones a la risa. Se sobresaltaba con cualquier ruido y, durante mucho tiempo, se quedaba alerta y concentrada en ese ruido. El sonido de la cisterna del baño y el del ascensor parecían para ella obsesivos, y quizá terroríficos. Pasó el tiempo y no reconocía su nombre. «Alicia», le decían, con distintos tonos y voces, y ella no reaccionaba. Permanecía indiferente ante el lenguaje. Cumplió tres años y seguía sin hablar, sin pronunciar siquiera una palabra, de forma que Aurora y Gabriel no conocían su voz, y aún menos su risa. Solo a veces emitía un débil gemido que parecía salirle de muy hondo. A veces se pasaba mucho tiempo tocando un objeto, sin entenderlo ni cansarse de él. A veces se mecía, adelante y atrás, con los ojos estancados en el vacío, o se ponía a caminar en círculo mientras emitía su gemidito monocorde. No sabía jugar. Miraba las cosas de diario sin reconocerlas.

En la comida de Navidad de hace diez años, cuando la familia se reunió por última vez, ante la gresca que armó Andrea, le salió un sonido distinto, nunca oído hasta entonces, una especie de alarido animal, como si hubiese liberado una fuerza interior, y a partir de ahí empezó a decir algunas palabras, a responder a los estímulos, a reconocerse en su propio nombre. Vagamente, los médicos le diagnosticaron una alteración grave del desarrollo, quizá debido a un virus o por causa genética. Les dijeron que, con atención y una buena terapia, podía mejorar mucho, pero que nunca se curaría del todo. Algo de la enfermedad quedaría ya para siempre incorporado a su carácter y a los hábitos de su conducta.

Aurora se sintió de inmediato culpable de la enfermedad de Alicia. También ella era callada y solitaria, lo había sido siempre, además de hipersensible, y dada a las distracciones, al ensimismamiento y al ensueño. Pensó que también era débil de carácter, asustadiza y dócil, demasiado dócil, con lo que el destino le quisiera mandar, y que acaso ese modo apocado de ser era el anuncio y la antesala de los males de Alicia. Sin embargo, muy pronto descubrió que había en su interior una fuerza de ánimo y un coraje y una determinación insospechados hasta entonces en ella. Pidió una excedencia laboral para dedicarse por completo a la hija. Haría todo cuanto hubiese que hacer para ayudarla a salir adelante. Lo habló con Gabriel. Entre los dos, lucharían contra la adversidad, se repartirían el esfuerzo, conseguirían que Alicia llegase a ser una niña normal, y sobre todo una niña feliz. Eso pensaba Aurora. Creía que Gabriel, curtido en los dolores de la vida por sus convicciones filosóficas, tomaría la iniciativa en aquella aventura conjunta, como siempre había hecho. Porque, desde que se conocieron, era él quien lo decidía todo, él el guía y el consejero sabio y protector, y ella aceptaba sus iniciativas con gusto, con su buen conformar de siempre, y se dejaba conducir por él sin oponer apenas resistencia. Además, él era tranquilo, amable, equilibrado, y sus sugerencias y propuestas eran siempre correctas y oportunas.

Pero ahora, sin embargo, apenas descubrieron la enfermedad de Alicia, se quedó desconcertado, atónito, incapaz de reaccionar, sin ideas ni palabras, abrumado por la desgracia, de forma que fue ella, Aurora, quien tuvo que afrontar sola la realidad, toda la realidad, y guiar a Gabriel como si se tratase de un impedido o de un niño indefenso. A Aurora le sorprendió la actitud de Gabriel, pero lo atribuyó al amor desmedido, y acaso incontrolado, que le tenía a Alicia, y al furor y al escándalo ante la insólita crueldad del destino con un ser inocente. El infortunio había podido con él, a pesar de su fortaleza mental, pero seguro que en poco tiempo se recuperaría del asombro y volvería a ser el hombre reflexivo y aplomado que era. Pero no: siguió inerme, abandonado a la tristeza, sumido en el silencio, mientras iba y venía, y se ocupaba de sus cosas, y veía películas y partidos de fútbol en la televisión, y leía sus libros, y comía con apetito de todo, y observaba cómo Aurora se atareaba con Alicia, sin apenas colaborar en nada, atento solo a su íntima tristeza, al drama de su perplejidad, a la hondura insondable de su silencio. Llegó un momento incluso en que parecía haber encontrado refugio y consuelo en su dolor.

Un día, sin querer, lo sorprendió en su mesa de trabajo jugando al fútbol con una bolita de madera, que era la bala que disparaba un cañoncito que él mismo le regaló a Alicia y que Alicia no llegó a tocar y menos aún a comprender. La golpeaba con la punta de un abrecartas, la portería estaba hecha con la caja de cartón de un tintero, el portero consistía en una goma de borrar, y los jugadores, desplegados estratégicamente sobre la mesa, eran sacapuntas, capuchones de bolígrafo, dados de póker, una pajarita de papel. Hablaba por lo bajo, con un apasionado susurro que parecía que estaba retransmitiendo por la radio el partido. Aurora no supo qué pensar, y una vez más se preguntó con qué clase de hombre estaba conviviendo, quién era en realidad Gabriel.

Si Aurora tuviese alguien a quien confiarle su historia, le contaría que esa pregunta sobre el incierto carácter de Gabriel se la había hecho ya más de una vez, no con ánimo de interpelar a su conciencia para buscar en ella una respuesta, sino como curiosidad marginal, o como una mera divagación, dejando que la pregunta, tal como había llegado, se diluyese en el silencio.

Al principio, en los primeros tiempos de matrimonio, la iniciación en la monotonía conyugal resultaba dulce y novedosa. Él iba cada día al instituto y ella al colegio, y al regresar a casa hablaban de las clases, se contaban pequeñas anécdotas, escuchaban música, leían, veían la televisión, corregían ejercicios, preparaban las clases, y a veces interrumpían por un instante sus tareas para intercambiar una mirada de complicidad amorosa. Era fácil, y gustoso, ir acomodándose a aquella rutina recién estrenada, que algo tenía ya de sedante, pero que aún desconocía la súbita pesadumbre del tedio o las punzadas de nostalgia por las vidas futuras que ya nunca habrían de ser vividas. Esa era, pues, la felicidad. Ese era todo su secreto.

Los fines de semana, además de ir a visitar a la madre, iban al cine o al teatro, y luego comentaban la obra mientras volvían a casa. A Aurora, unas más y otras menos, todas las obras le gustaban, y de todas tenía siempre algo bueno que decir. Pero ¿por qué te ha gustado?, le preguntaba Gabriel, ¿por qué tal escena te ha emocionado o te ha aburrido? Y ella no sabía explicar por qué. Gabriel, sin embargo, las analizaba a fondo, los temas, la psicología y la evolución de los personajes, la ideología implícita, los mensajes subliminales, y siempre les sacaba defectos, nunca nada colmaba sus expectativas, y a menudo sus críticas eran agrias, e incluso corrosivas. Una tarde que entraron en controversia, Gabriel dijo, en un tono decepcionado de reproche: «Parece que para ti el arte es solo un juego, un entretenimiento como cualquier otro. Tus opiniones son siempre superficiales, y a veces incluso pueriles», y ahí se enrocó en un largo silencio, como si estuviera ofendido, y ya no habló más hasta llegar a casa.

También a menudo comían fuera, en restaurantes escogidos, porque Gabriel era muy goloso con la comida y le gustaban las cosas buenas y bien elaboradas, y también en eso era muy crítico, y a veces se ponía de mal humor porque tal pescado estaba muy hecho o a tal salsa le faltaba un punto de sabor. Un día, de repente, estaban comiendo en casa y Gabriel dijo: «No me gusta que la gente haga ruido al comer». «¿Lo dices por mí?», preguntó Aurora, extrañada. «Yo no he dicho eso. Seamos precisos con el lenguaje. Yo solo he dicho que odio a la gente que hace ruido al comer.»

Esa fue una de las primeras sorpresas de Aurora: sus críticas despectivas, y a menudo despiadadas, a todo cuanto ocurría a su alrededor. Criticaba amargamente a sus compañeros de instituto, a los alumnos, a los políticos, a los curas, a los vecinos, a los futbolistas, y nada escapaba a su ojo implacable de ave rapaz. Pero donde sus críticas se hacían vociferantes y malhabladas era cuando los intelectuales de moda, sobre todo si eran filósofos, escribían en los periódicos o salían opinando en la televisión. Ahí perdía el control de sí mismo —él, que según creía Aurora, y todos cuantos lo conocían, se mostraba impasible ante las contrariedades de la vida. Los llamaba de todo, a los filósofos, impuros, traidores, fariseos, vulgarizadores baratos del saber. Todo, todo estaba pervertido. Vivíamos nuevos y amenazantes tiempos de barbarie. Luego, ya sosegado, volvía a ser el hombre templado y ecuánime que solía ser, y seguía exponiendo como si nada los principios sagrados de su filosofía, con su elocuencia habitual. «Cuando habla, parece que atranca las frases por dentro, para que no entre nadie», dijo una vez Sonia de él. Y algo de verdad había en eso, porque a veces hablaba con sentencias a las que nada se podía oponer. La vida era breve, y no merecía la pena atarse a proyectos largos y laboriosos, cuando las pequeñas tareas diarias ya eran bastante para darle algún sentido al tedioso absurdo de existir. ¡Cuánto mejor era ser espectador de la gran farsa de la vida humana que desempeñar en ella un papel de actor, aun cuando fuese secundario! ¡Cuánto mejor ser libre que esclavo de un gran empeño que, como todos los grandes empeños, tarde o temprano acabaría por mostrar su condición ilusoria y estéril! Todos cuantos se sienten fracasados por no cumplir sus sueños es porque antes no tomaron la precaución elemental de no dejarse embaucar por los sueños. Hablaba y hablaba, y Aurora lo escuchaba con la atención y la dulzura de siempre. Y a veces hasta resultaba divertido, porque su escepticismo le permitía mirar el mundo desde la distancia, con una visión desdramatizada por la ironía y hasta por la comicidad.

Y si Aurora pudiese seguir contando su historia, no en aquel entonces, sino desde ahora, desde este día de carnaval en que ya ha anochecido y ella sigue en el aula, perdida en el propio ensueño de su vida, contaría que, del mismo modo que era benévola en sus críticas con los libros o las películas, también lo fue con Gabriel, a pesar de los signos equívocos que fue descubriendo en su carácter, y a los que no les dio mayor importancia, diciéndose que todos tenemos nuestros defectos, nuestras contradicciones, nuestras manías, y que si él toleraba por ejemplo que ella pudiera hacer algún ruido al comer, o que sus opiniones sobre el arte resultasen pueriles, también ella tenía que aceptar a Gabriel tal como era, y amoldarse a sus imperfecciones, sin afeárselas, sin intentar siquiera corregirlas. Es más, el hecho de conocer y asumir cada cual los defectos del otro podría fortalecer la relación entre ambos, de igual modo que quienes comparten un secreto comprometedor quedan obligados, si es que no condenados, a permanecer unidos mientras dure el secreto.

Pero las imperfecciones de Gabriel, que eran siempre mínimas, y a las que Aurora no les concedió ningún valor en su momento, resulta que ahora volvían a la memoria cargadas de significados, y convertidas ya en vaticinios infalibles. Y así recuerda que, a los pocos meses de casados, Gabriel empezó a cansarse de salir al cine o al teatro, o simplemente a pasear, salvo para ir al restaurante, que para eso siempre estaba alegre y dispuesto. «Hay mucho que leer para andar perdiendo el tiempo en baratijas culturales», decía. De modo que se pasaban los días en casa, instalados ya definitivamente en el agridulce discurrir de la rutina conyugal. Y también eso lo aceptó Aurora, quizá porque también a ella le gustaban los mansos placeres del hogar, y las tardes apacibles consagradas a la divagación y a la lectura.

Le gustaban mucho las novelas, y no se cansaba de leer. Leía tumbada en el sofá, en tanto que Gabriel se arrellanaba en el sillón, frente al televisor siempre encendido, con sus gafas de leer, un libro en una mano y un lápiz en la otra, porque siempre leía subrayando, anotando, o haciendo dibujos en los márgenes, monigotes y geometrías que lo ayudaban a abstraerse del mundo. «Pero ¿cómo puedes leer y ver al mismo tiempo la televisión?», le preguntaba Aurora. Porque ponía películas de acción y del Oeste, partidos de fútbol, programas de concursos y entretenimiento, que resultaban además muy ruidosos. Y él: «Al contrario, con el ruido me concentro mejor, porque me defiende de los sonidos imprevistos, que son los que distraen de verdad». Un día, ociosa o aburrida, Aurora abrió el libro que Gabriel estaba leyendo desde hacía ya unas dos semanas. Aurora le había preguntado más de una vez de qué trataba aquel libro, y él le había contestado con un aspaviento de impotencia, como dando a entender que era inútil cualquier intento de resumen. «Es un tratado sobre la filosofía romántica», es todo cuanto dijo. A Aurora le llamó la atención que, después de dos semanas de lectura, el separador estuviese en las primeras páginas, y de que solo esas páginas mostrasen algún subrayado, algún dibujo, alguna nota medio ilegible. Pasó otra semana y, ya más intrigada que curiosa, miró en el libro y se encontró con que Gabriel solo había avanzado un par de páginas en la lectura, y solo algunas palabras aparecían encerradas a lápiz en un redondel, o alguna frase resaltada con un furioso signo de interrogación. Y tampoco esta vez Aurora supo qué pensar.

Por eso, cuando Gabriel se quedó inerte e indefenso ante la enfermedad de Alicia, a Aurora en el fondo no le extrañó demasiado. Estaba ya acostumbrada a sus rarezas, a sus cambios de humor, a veces tan bruscos que, en una misma conversación, e incluso en una sola frase, podía pasar sin motivo aparente de la alegría al abatimiento. Había días en que se levantaba hablador y animoso y otros en que amanecía distante y taciturno. Luego, sin cómo ni por qué, sobrevenía una época en que volvía a ser el hombre atento, sereno, cariñoso que ella había conocido desde el principio, y que la había seducido con su modo de ser. ¿Y cuándo, en qué momento, empezó ella a detectar que acaso, como decían sus hermanas, había algo inquietante en Gabriel, un borroso signo de falsedad e incluso de impostura?, se pregunta.

Entonces recuerda que una noche, durante el viaje de bodas que hicieron a Roma, cuando ya en la cama habían iniciado las primeras caricias para hacer el amor, de pronto él empezó a flojear, a distraerse, a reprimir incluso un bostezo de cansancio y de sueño. «Estoy agotado», dijo, y le dio un beso a modo de despedida y de disculpa. «No pasa nada. Duérmete», dijo Aurora. Al rato, a juzgar por su respiración, Gabriel dormía profundamente, y también ella se iba hundiendo en el sueño. Pero algo extraño, el oleaje de un rumor, la devolvió luego a la vigilia. ¿Quién se afanaba insomne a aquellas horas de la noche? ¿De dónde provenía aquel rumor? Permaneció atenta hasta que identificó un sigiloso movimiento rítmico, apenas apreciable, pero que por otro lado resultaba evidente. Notó que Gabriel respiraba de un modo irregular y a veces agitado. Entonces sospechó, sin dar crédito, que estaba masturbándose. Y más cuando, en el desenlace, Gabriel se estremeció y soltó una poderosa alentada y enseguida un reprimido y ronco suspiro de placer. A la mañana siguiente, Aurora pensó que acaso todo había sido un sueño, o una vana presunción suya, pero aun así se sintió culpable, y más cuando con el tiempo confirmó que, en efecto, Gabriel prefería a veces la masturbación al lecho conyugal.

Y eso por no hablar, piensa ahora, en este anochecer de carnaval, de sus súbitas aficiones, tan impulsivas como arbitrarias y tan arbitrarias como efímeras. Un día, sin anuncio previo, apareció con un juego electrónico de ajedrez y con un montón de libros teóricos sobre la materia. Y todo porque un compañero del instituto jugaba muy bien al ajedrez, y había decidido competir con él y llegar a ganarle. Y decía: «Las pequeñas aficiones son la llave de la felicidad». Durante tres o cuatro meses se olvidó de la filosofía y vivió entregado a la fiesta de aquella novedad. Se pasaba las tardes enviciado en una partida, y tanta era su concentración que se olvidaba de cenar y seguía jugando hasta la madrugada, los puños en la frente y el rostro en el tablero. Alguna mañana de sábado, o alguna tarde de diario, quedaba en un café para batirse con el amigo y, cuando horas después regresaba a casa, a veces venía un poco bebido, ufano y hablador, y en alguna ocasión claramente borracho. Fue entonces —él, que nunca había bebido, fuera de algún vino selecto en un buen restaurante—, cuando se aficionó por primera vez al whisky y al gin tónic. Pero fueron pasiones breves, tanto el ajedrez como la bebida. En algún momento fue perdiendo el gusto por las aperturas y las partidas magistrales y abriendo de nuevo sus libros de filosofía, diciendo que el ajedrez empezaba a absorberlo demasiado, a invitarlo con su tentación casi diabólica a extraviarse en su infinito laberinto, y que de ningún modo quería sucumbir a una ilusión incontrolable.

Tras un tiempo de bonanza, entregado otra vez a los pacíficos quehaceres de la televisión y la lectura, y con solo la novedad de las expediciones gastronómicas del fin de semana, un día a lo mejor volvía a casa con la noticia de una nueva tarea capaz de apasionarlo. Hubo épocas consagradas al yoga, a Bach, a la recolección de setas, al esoterismo, al bricolaje. Eran como paisajes vistos desde un tren, estampas idílicas a las que seguía luego la monotonía de la llanura estéril e infinita. Aurora compartió algunas de esas aficiones, y algo aprendió de música, de alquimia, de botánica, pero sobre todo le gustaba compartir con Gabriel aquellos raptos de entusiasmo, y le rezaba al destino para que durasen mucho, para que la rutina, o el súbito desencanto, no acabara amustiándolos.

Porque en algún momento de clarividencia Aurora empezó a sospechar, y enseguida a saber, que el mal de Gabriel no era otro que el aburrimiento. Ese era precisamente uno de sus temas predilectos, y sobre el que disertaba con mayor brillantez. Dos peligros acechaban al hombre: uno y principal, la lucha por la supervivencia, y una vez superado este, la lucha contra el tedio de existir. ¡Tantas veces había repetido esa especie de mantra! Y he aquí que sus artes filosóficas no le servían de nada contra las argucias de ese adversario tan temible. Sí el ajedrez o el bricolaje, y solo por momentos, pero no la filosofía. Y, yendo más allá, Aurora pensó que acaso la insatisfacción de Gabriel se nutría de ambiciones secretas que no se atrevía a revelar y mucho menos a afrontar, de anhelos reprimidos, de un querer hacer y conseguir que se esforzaba en vano por salir a la luz. Y eso sin contar el miedo más o menos inconsciente al fracaso, al ver cómo se iban los años y su historia personal revelaba la vieja trama de una vida inútil, echada a perder en plena juventud.

Entonces habló con él y, como si se le acabase de ocurrir, sin darle importancia pero poniendo un tono efusivo en la voz, le dijo que por qué no hacía la tesis, como alguna vez, tiempo atrás, él mismo había sugerido, con lo cual podría llegar a dar clases en la universidad, con mejor ambiente, mejor horario y mejores alumnos, o bien escribir algo, un libro o un conjunto de artículos, sobre la historia de la felicidad, las mañas que en el decurso de los siglos se ha dado el hombre para encontrar el modo de burlar la desdicha, y hasta es posible que ese libro pudiera editarse y tener éxito, porque al fin y al cabo no hay tema que interese tanto a los lectores como el de la felicidad. «Es una pena que, con todo lo que sabes, no compartas ese saber con los demás», le dijo. Estaban en el salón de casa, él en el sillón y ella en el sofá, cada cual con su libro, y según hablaba Aurora, Gabriel había ido bajando el volumen del televisor, de forma que su última frase sonó pura y rotunda en el silencio. Gabriel entonces se levantó, como transfigurado, y mirando unas veces al vacío y otras a Aurora, boquiabierto y como maravillado por algo que su mente no alcanzaba a abarcar, paso a paso se acercó al sofá, se arrodilló y, abrazando a Aurora, escondió en ella el rostro, y haciendo pucheros con la voz le declaró su gratitud, su amor, la infinita suerte que había tenido al conocerla, la deuda impagable que había contraído con ella desde el primer día, y ya puestos a soltar todo cuanto escondía dentro de él y ansiaba ser dicho y proclamado ante el mundo, le imploró su perdón, y Aurora le acariciaba el pelo y le decía: «Qué tonto eres, qué cosas dices», y él se puso finalmente a llorar, y luego a reír entre lágrimas, y aquellos fueron quizá los momentos más felices y prometedores que habían vivido nunca, y también a Aurora, en este instante, al recordarlo, le vienen las ganas de llorar.

También aquel fue un momento fundacional, o eso parecía al menos. Fue como si le hubieran arrancado una máscara grotesca y ahora estuviese orgulloso de su hermoso y verdadero rostro. O quizá estaba esperando una orden o un permiso para comenzar a actuar, porque en pocos días desempolvó sus viejos papeles de estudiante y se puso a trabajar como un poseso. Y es que el intento de escribir algo sobre sus temas más suyos y queridos no era un sucio afán sino una noble aspiración, le explicó a Aurora. Es más: él mismo había pensado muchas veces en acometer ese proyecto, pero siempre encontró en cada momento la razón o el pretexto para posponerlo, quizá porque su escepticismo radical se lo prohibía, como era propio de un impulso romántico de juventud que necesitaba tiempo para madurar, para iniciarse en el arte de los matices y los claroscuros. Pero ahora, al fin, al escuchar a Aurora, de pronto comprendió que esa era la señal convenida, y este el momento exacto de ponerse en camino. Sin apresurarse, por supuesto; al contrario, trabajaría con calma, sin angustia, sin jugarse su fortuna a una baza, sin esperar otra cosa que la tarea gratificante que cada día quisiera depararle. Y ahora entendía también que todas aquellas aficiones efímeras que había cultivado en esos años no eran sino evasivas, pequeñas escaramuzas de soltero antes de comprometerse de una vez por todas con el proyecto esencial de su vida.

«Nunca le faltó elocuencia», piensa Aurora. Argumentaba como los alfareros con el barro, que de sus dedos podía salir lo mismo una humilde escudilla que la más acabada fantasía rococó. Pero esta vez Aurora pensó que Gabriel había encontrado al fin una ilusión definitiva. Y entonces comenzó una larga época de tregua y de concordia. El trabajo parecía haberlo sosegado, y su carácter inestable derivó hacia una serena firmeza bajo los efectos del arraigo y la perseverancia.

Había optado finalmente por la tesis, como obra de más gravedad y envergadura, y más acorde con su visión trascendente y ascética de la filosofía y del propio filósofo. En la intimidad de su gabinete, el filósofo se afana en reunir material, en acarrear datos, en acrecentar la bibliografía, en averiguar, en estructurar, en idear, en inquirir, y cada tanto tiempo rinde visita al director de la tesis para ponerlo al día de sus avances y de paso para tantear las posibilidades de entrar algún día en la universidad. El director le da buenas perspectivas, y eso anima aún más a Gabriel a persistir en su empeño. En el instituto cuenta que acaso en breve dé el salto a la universidad. Aunque apenas habla con sus hermanas, también a ellas les cuenta sus proyectos, con el añadido de un libro que se titulará *Historia de la felicidad* y que, quién sabe, quizá pueda llegar a tener algún éxito. Hace resúmenes, toma notas, hila argumentos, articula, discrimina, armoniza, infiere. Se levanta de la mesa para despejarse y estirar las piernas, se asoma a la ventana. «He ahí la realidad», se le ocurre decir, en plan cómico, y ríe por lo bajo. También se dice: «Soy feliz, creo que ahora mismo soy feliz». Piensa que, cuando llegue la época de las setas, irán al campo, Aurora y él, y la evocación de ese tiempo venidero le eriza la piel con un anticipo de dicha. Llevarán pisto y buñuelos de bacalao, saltará por sobre los arroyos, tirará piedras tan lejos como pueda. Harán lumbre para el frío, asarán torreznos. Imagina la escarcha en el bigote de un viejo vagabundo, la telaraña de sol bajo la fronda de una higuera. Hace violentos ejercicios con los brazos, como si remase contra la tempestad. Al rato, el filósofo vuelve a la mesa, se concentra en lo suyo, reanuda la tarea. Pasa el tiempo. Gabriel y Aurora viajan a Cuba, a Praga, a París. Gabriel cabecea ante la tumba de Kafka, ante la Bastilla, ante la Plaza de la Revolución.

Y en esas estaban cuando nació Alicia. Mientras creyeron que la niña era normal, nada cambió en los hábitos y en la actitud de Gabriel. Luego, cuando se detectó su enfermedad, Aurora pensó que encontraría en Gabriel un fuerte y fiel aliado contra el infortunio, y más en una ocasión de tanta importancia como aquella, la salud de su propia hija, pero al ver la reacción distante y apática de Gabriel, un día y otro día, se quedó sobrecogida por el asombro y el espanto, y entonces volvió a preguntarse, esta vez con una intención y una hondura desconocidas hasta ahora, quién era en el fondo Gabriel, con qué tipo de hombre se había casado en realidad.

13

—No lo pude evitar, Aurora —dijo Andrea—. En cuanto me enteré de que Gabriel había suspendido la fiesta por culpa de Sonia, me puse hecha una furia. Estuve conteniéndome, esperando a que se me pasara la rabia, pero al final no pude más y la llamé y le dije de sopetón que cómo se había atrevido a humillar a Horacio de esa forma. Le dije que prohibirle a Horacio que fuese al cumpleaños era ofender a las niñas y a toda la familia.

—No me extraña que mamá se haya enfadado y haya dicho que sin Horacio no hay fiesta que valga. Sin Horacio, yo tampoco iría, porque yo también me siento gravemente ofendida por ti. ¿Por qué eres tan cruel, Sonia?, ¿por qué lo odias tanto? No te conformaste con destrozarle la vida, sino que aún disfrutas haciéndolo sufrir. Nunca pensé que llegase tan lejos tu perfidia. ¡Joder con la mosquita muerta! Eres falsa, eres calamitosa, eres dañina.

—¿Eso le dijiste?

—No lo pude evitar, y no me arrepiento.

—¿Y Sonia qué dijo?

—¿Yo? —dijo Sonia—. ¿Destrozar yo su vida? ¡Qué sabrás tú de Horacio y de mí! No sabes ni de lo que hablas.

—¿Cómo que no lo sé? —dijo Andrea—. Sé tanto o más que tú. Lo sé todo.

—Ah, ya entiendo —dijo Sonia—. Claro, habrás hablado con tu amado Horacio y él te habrá contado a saber qué.

—La verdad, eso es lo que me ha contado, solo la verdad.

—¿La verdad? Tú no tienes ni idea, pero ni puta idea, de quién es Horacio.

—Y ahí yo sentí cómo redoblaban los tambores, y llegué al colmo de mi indignación.

—Yo conozco a Horacio mejor que tú, como lo oyes, y a ti también te conozco muy bien. Lo sé todo sobre vosotros, hasta las cosas íntimas. Tú eres la que no sabes, la que no te enteras de nada. ¿A que no sabes por ejemplo que Horacio estaba enamorado de mí, y que si te eligió a ti fue por la bruja de mamá, y porque yo tenía solo trece años?

—¿Que no lo sé? ¡Qué cosas dices! Mira, esa historia me la conozco antes incluso que tú misma, así que te voy a colgar. Hasta aquí hemos llegado.

—¡Un momento! Antes de colgar, quiero que sepas una cosa. Escúchame bien, y mira mi dedo levantado ante tus ojos mentirosos. Tú te casaste con él. Tú tuviste la llave para abrir la puerta del cielo. ¿Y qué hiciste? La tiraste al fondo del mar. Pero Horacio la recogió y me la entregó a mí, ¿comprendes?

—¿Qué quieres decir con esas chorradas?

—¿Chorradas? Pues para que lo sepas todo de una vez: Horacio y yo hemos caminado y trotado juntos sobre la hoja de plata del amor. Pero te lo diré en tu lenguaje vulgar, que es el único que tú entiendes: Horacio y yo hemos sido amantes. Así que ahora ya lo sabes. Estábamos predestinados el uno para el otro, y comenzamos a amarnos desde el principio, desde que nos vimos por primera vez.

—Y entonces le conté todo, Aurora. No lo pude evitar. Y no me arrepiento. Se lo tenía que haber contado mucho antes, para desenmascararla y para que supiese la verdad y sufriera un poco, solo un poco, de lo que hemos sufrido Horacio y yo por culpa suya.

—Pero ¿qué le contaste? —dijo Aurora—. ¿Es verdad eso de que fuisteis amantes?

—Sí, nunca me he atrevido a contártelo. Solo Horacio y yo conocíamos nuestra secreta y maravillosa historia de amor.

—¡Dios mío! ¿Y qué dijo Sonia?

—Hubo un silencio muy largo, y durante ese silencio yo noté cómo Sonia se iba recuperando del asombro y preparando su defensa, es decir, sus mentiras de terciopelo, para salir airosa del apuro. Y de pronto, así como así, se echó a reír, la muy cínica.

—¿De qué hostias te ríes, farisea?

—Así que tú también —dijo Sonia, apurando los últimos sones de la risa—. ¡Qué tonta soy! ¿Cómo no haberlo sospechado?

—Y ahí fui yo la que se quedó asombrada, porque aún no había comprendido la patraña que se acababa de inventar.

—¿Y te llevó también a la trastienda de la juguetería? —dijo Sonia.

—Sí, ¿y qué?

—¿Y allí te hizo todas las guarrerías imaginables?

—¿Guarrerías? —dijo Andrea—. Mira, aquí te acabo de pillar. Tú misma te has delatado sin querer. Porque, entre otras cosas, yo sé que tú no has nacido para el amor. Nosotros sin embargo éramos inocentes y nos amábamos sin pudor.

—Ya. O sea, que a ti también te contó lo de la inocencia y el Paraíso Terrenal.

—Y no solo eso —dijo Andrea—, también me contó que a ti los hombres te dan asco, que el amor te parece algo sucio, y que tú a las caricias les llamas guarrerías. ¿Por qué entonces te casaste con él?

—¿Eso le dijiste? —Aurora no daba crédito a lo que oía.

—Solo le dije la verdad, la pura verdad.

—¿Y Sonia?

—Se ve que la verdad le dolió porque se puso a gritar y a insultarme con una furia como yo nunca le había visto. Me llamó golfa, sinvergüenza, hija de perra, víbora, de todo. Y, según se le iba acabando la fuerza y el coraje, su voz empezó a quebrarse, hasta que al final, ya en silencio, muy suavemente, y como muy lejos, se puso a llorar.

—¡Pobre Sonia!

—No te fíes de ella, Aurora. Ahí donde la ves, tan bonita y tan pulcra, es muy suya, y a veces, cuando le conviene, más falsa que Judas.

—Eres muy dura con ella, Andrea.

—En cuestiones de amor, yo no hago prisioneros.

—¿Y qué pasó después?

—Solo me queda una esperanza —dijo Sonia, la voz todavía estremecida y cascada por las lágrimas—. Ojalá que lo que me cuentas sea como lo del gato, o como cuando mamá te abandonó, o como tu suicidio, o como todas esas fantasías que tú tienes.

—¿A eso le llamas fantasías? —dijo Andrea.

—Tú siempre has vivido en un mundo de fantasía. Contigo ya no se sabe lo que es mentira o es verdad.

—Pues si quieres te lo cuento todo, y tú misma verás si es o no fantasía.

—Y Sonia dijo que sí con el silencio, no con la voz, y entonces yo le conté mi historia con Horacio. Y en todo el rato ella no me interrumpió ni una sola vez. Ni un comentario, ni una pregunta, ni una queja, ni un suspiro, ni un insulto: nada. Y como se la conté a ella, te la voy a contar también a ti, aunque más a mi manera, porque yo sé que tú no te reirás de mí, como sí haría Sonia si me oyese hablar con el verdadero lenguaje del corazón. Verás. Cuando mamá me puso a trabajar en la residencia de ancianos, Horacio sabía de mis desgracias, y eso se notaba en el modo de mirarme cuando venía con Sonia a visitar a mamá. Jamás hubo ojos más apenados y compasivos que los suyos, pero no se atrevía a decir nada en mi favor para no desairar y ofender a mamá. Sin embargo, él conocía muy bien mi sufrimiento. Lo conocía porque entre él y yo había una comunicación secreta, y por eso yo también sabía que él con Sonia no era feliz. Nos lo decíamos todo con la mirada, o por telepatía. Cuando hay amor de verdad, la telepatía existe. En el silencio, casi se oía cómo nuestras tristezas y esperanzas revoloteaban yendo y viniendo de uno al otro. Pero el amor de verdad es muy raro. Salvo los elegidos, todos los enamorados se aman con besos mentirosos. Todo su negocio sentimental se reduce a que han encontrado un lugar seguro donde enterrar su hueso, y ya por eso se creen que están hechos el uno para el otro. No, no se aman; solo se emparejan. Se emparejan porque las noches son frías y la soledad está llena de monstruos, solo por eso. Del amor, Aurora, yo podría hablar y no parar, porque en eso yo nací sabia, aunque también muy desdichada. No sé si me explico.

—Claro que sí, Andrea.

—Pues verás. Un día vino a buscarme a la salida de la residencia. En ese momento sonaron fuerte las trompetas. Estaba allí, pálido como un espectro, pero solemne también como un espectro, tan espiritual y tan poético, parado en una esquina, su figura solitaria recortada por la luz impura del atardecer, con un paquetito en la mano, esperándome. No sé cómo no me dio un síncope al verlo. Fuimos a una cafetería y estuvimos hablando mucho rato. Yo le conté algunas de mis penas y él se indignó conmigo por la crueldad de mi destino, es decir, se indignó con mamá, porque ella era en realidad mi auténtico destino. En el paquetito había cintas de mis grupos de música favoritos. Yo le hablé de mis sueños de convertirme en compositora y en cantante, y él me dijo: «Cuánto me gustaría conocer tus canciones y oírte cantar». Y yo le dije que sí, que cuando quisiera, porque yo sabía que él nunca se reiría de mí, y no me daba ninguna vergüenza cantar para él. En el paquetito había también unas chocolatinas. «Pruébalas», me dijo. «¿A medias?», le dije yo. Y así nos las comimos, un mordisquito él y otro yo, y ahí pasamos de la tristeza a las risas sin ton ni son. El amor verdadero es así. Yo rabiaba por decirle todo lo que sentía, pero él era tan tímido, tan frágil, y estaba tan indefenso ante las impurezas y maldades del mundo... Yo era la única que lo comprendía y que sabía apreciar su belleza interior. «Sonia no sabe que he venido a verte», me dijo de pronto, y se puso rojo como una naranja. «Ella no tiene por qué saber nada», le dije yo. Cuando nos despedimos, hubo un momento en que estábamos de pie, ya de noche, rodeados por las luces salvajes de la ciudad, uno frente al otro, en silencio, los dos casi flotando sobre el suelo, y a punto estuvimos de abrazarnos y besarnos y confesarnos nuestro amor. Luego, cada cual se perdió entre su multitud. No me digas que no es una historia bonita, Auri.

—Es bonita, sí, pero también es triste.

—Es verdad, también es triste. El verdadero amor nunca acaba bien, porque su realidad no es de este mundo. Y aún lo verás mejor cuando te cuente lo que ocurrió después. Y lo que ocurrió es que vino a esperarme otros días, y una vez me dijo que le gustaría que fuese a su casa, que yo le cantaría mis canciones y él me enseñaría sus cosas, sus tesoros de niño. Y para que todo pareciese normal, al principio iba cuando estaba Sonia, a comer o a merendar, como si aquello fuese la cosa más natural del mundo. Horacio me enseñaba y me explicaba sus juguetes mientras Sonia veía películas en inglés, los dos sentados en el suelo, como dos niños, como dos preciosos niños, que era lo que en realidad éramos. ¿Comprendes lo que quiero decirte?

—Claro que sí. Es una historia bonita pero también da mucha pena.

—Como todas las historias de amor —dijo Andrea—. Pues bien, una vez al fin nos quedamos solos porque Sonia se fue al cine, a ver una película en inglés. Como aquella casa era tan grande y estaba tan llena de cosas, había también una guitarra. Así que le canté mis canciones. Yo cantaba y Horacio escuchaba, los dos poniendo el alma en cada nota, y cuando algo le gustaba o le emocionaba especialmente, daba un gran suspiro hacia dentro, cerraba los ojos y, con las manos juntas como para rezar, se llevaba la punta de los dedos índices a los labios para sofocar la conmoción. Me gustaría que te lo imaginaras con mucha fuerza, Aurora, como si lo estuvieras viendo, para que sepas bien qué es lo que ocurría allí. De verdad te lo digo, Auri, yo hubiera sido una estrella del métal y del punk, un icono, de no haber sido por mamá. Es una pena que tú tampoco hayas oído mis canciones. De mamá, de Sonia y hasta de Gabriel no digo nada, porque sé que ellos se hubieran reído de mí. De hecho, sin oírme cantar, ya se reían y se burlaban, conque imagínate de haber cantado. Pero Horacio no. Me escuchaba sin moverse, sin pestañear, y a lo mejor de pronto entornaba los ojos y subía mucho la cabeza como si estuviera recibiendo de las alturas la música que oía. Cuando terminé, estuvimos un buen rato en silencio, mirándonos, y a veces bajando la vista para no quemarnos con las miradas. No pasaba nada, no se oía nada, pero el motín se respiraba en el ambiente de aquel barco. Después hubo otros días, y también otras tardes. Como nuestro amor era platónico, eso nos permitía amarnos en presencia de Sonia, y si iban todos a comer a casa de mamá, en presencia de mamá y de todos, sin el menor reparo. Mientras todos hablaban o comían, nosotros nos amábamos en secreto, nuestros rayos láser rastreaban los rincones del alma, y más de una vez oímos cómo la flauta de Hamelín nos llevaba lejos y nos extraviaba en la profundidad del bosque, los dos solos. Quiero que te lo imagines muy fuerte, Auri. Los dos solos y perdidos como dos niños en el bosque, ¿comprendes? Quien no lo ha vivido no lo puede saber. Y sin embargo vosotros no notabais nada, ¿verdad?

—La verdad es que no.

—Éramos muy astutos —dijo Andrea, como si constatase una obviedad—. Pero yo sabía que, si seguía lloviendo, el dique acabaría por romperse, como así sucedió. Una tarde que estábamos solos en su casa, se sentó a una mesa y me invitó a sentarme a su lado para explicarme el funcionamiento secreto de un juguete antiguo. Algunas piezas eran tan pequeñas como las de los relojes, y había que manejarlas con pinzas y una lupa en el ojo. «No consigo verlo bien», le dije. «Me gustaría verlo de más cerca.» Y con una mirada nos pusimos de acuerdo. Él se apartó un poco de la mesa, lo suficiente para que yo me sentara en sus rodillas. Porque Horacio me enseñó a gustarme a mí misma y a quererme, y yo con él me sentía guapa y seductora, y también audaz, y peligrosa. Me sentía peligrosa, Aurora, no sé si a ti te ha pasado alguna vez. Me sentía peligrosa no sabes cuánto. Y en ese momento, a mí me hubiera gustado decirle al mundo y a sus muchedumbres: «Amigos, camaradas, hijos de la tempestad, bienvenidos a donde el tiempo se detiene». Y él me iba explicando cada movimiento que hacía para armar el juguete, y cuando terminó de armarlo, yo me sentí todavía más peligrosa, y le dije: «Enséñame algo que yo no sepa». Él entonces tocó un resorte del juguete y el juguete se llenó de música, porque aquel juguete imitaba a la perfección el canto concertado de los pájaros en el bosque. Nos pusimos a hablar en susurros. Yo le conté algunas de las aventuras del Gran Pentapolín, y también le conté lo del gato y lo de la sortija, y de cómo me abandonaron con dos años, y él se apiadó de mí, y me abrazó para consolarme, mientras me contaba que tampoco él de niño había sido feliz. Yo le conté cómo quise suicidarme por él, y cómo mamá me dejó sola al borde del abismo. Al escuchar lo del suicidio, a Horacio se le desvaneció la cara en blanco y negro, y entonces yo le eché los brazos al cuello y le dije en la oreja, haciéndole cosquillas con el aliento: «Déjame ser tu ángel favorito». Y es que de pronto yo era sabia y me había convertido en mi propia discípula. A Horacio le salió apenas un hilito de voz: «Si eres solo una niña». Y yo le respondí: «Yo he visto puñales y revólveres en manos de los niños», y le mordí fuerte en la oreja. «¿Qué haces?», me dijo. «¿Es que no sabes que los náufragos de amor se vuelven caníbales?» ¡Pobre Horacio! ¡Era tan vergonzoso, tan ingenuo! «¿Y qué podemos hacer?», preguntó. «Huir a las colinas», le dije yo, metiéndole la boca en el oído. Entonces nos besamos, estuvimos besándonos hasta que se nos pusieron los labios azules. Y él: «Esto no puede ser, no puede ser. Eres la hermana pequeña de Sonia». «Pero yo sé que tú no eres feliz con Sonia, ¿a que no?» «Eso no importa. Fíjate qué problema si...», iba a decir él, pero yo le cerré la boca con un beso y luego le dije: «Nada me gustaría más que tener problemas contigo», mirándolo a los ojos, desmayándome de amor, y tanto lo miré y con tanta entrega, que él me acarició la cara sin apenas tocarla, y tampoco podía apartar sus ojos de los míos. «¿Sabes una cosa?», le dije. «Qué.» «Que adoro tus ojos gitanos», y froté mi nariz contra la suya. No me digas que no es una historia de amor maravillosa. Pocas habrá tan bonitas como la nuestra, ¿no crees?

—No sé qué decirte, Andrea. Estoy asustada con lo que me cuentas.

—Y yo también estaba asustada, y también Horacio. Los dos sabíamos que nuestro amor estaba prohibido y condenado a ser solo platónico. Siempre me ha ocurrido en la vida. Siempre he sido la rebelde de ayer y la tonta de mañana. Y lo mismo le pasaba a Horacio.

Hablamos mucho, Horacio y yo. Me contó, como yo ya sabía, que con Sonia no era feliz. Me dijo que, si se casó con ella, fue por mamá, y porque yo era demasiado niña, pero que, de haber podido elegir, sin duda me habría elegido a mí. Me contó que Sonia no sabía amar, que no había en ella ni una pizca de romanticismo y aún menos de pasión, y que no entendía que el amor nace de la inocencia y crece en la inocencia, y que en la inocencia todo está permitido, porque la inocencia es el único territorio inviolable y sagrado de la libertad. El amor es como vivir en el Paraíso Terrenal, donde no existen la culpa ni el pecado. «Además, yo no le gusto a Sonia», me dijo, y no solo eso, es que además Sonia le tenía asco. Sí, como lo oyes, Aurora. Horacio lo notaba, le notaba el asco cuando la acariciaba y la besaba, y no digamos cuando hacían el amor. Luego enseguida se levantaba y corría a lavarse, frota que te frota hasta quedar limpia de toda aquella suciedad. Aunque, según Horacio, lo que ocurría en el fondo es que a Sonia apenas le atraían los hombres, le parecían sucios y brutos, y no hubiera sido feliz con ninguno, porque a todos les tenía asco. Era como una enfermedad. A mí no me extrañó aquello de Sonia, de mi preciosa hermana, y así se lo conté a Horacio, porque ella siempre fue muy retraída y aniñada, y muy escrupulosa para todo, y solo era feliz y amorosa con sus muñecas. Sonia carecía de imaginación, y cuando no se tiene imaginación no se puede amar de verdad, porque el amor es casi todo imaginación. ¡Pobre, pobre Horacio! Él era como yo, un soñador que no encontraba su lugar en el mundo. También fue mala suerte que fuese a casarse justamente con Sonia. ¡Qué injusto es el destino! Y ahora, allí estábamos los dos, empapados de gasolina y sin saber qué hacer con nuestro amor recién estrenado. Así que nos veíamos a escondidas, en cualquier sitio, y a veces, como me dijo Sonia para burlarse de nosotros, en la trastienda de la juguetería. Yo tenía diferentes maneras de amarlo según la hora del día, el día de la semana o la estación del año. Cuando empezaba a desarmarme el cuerpo con sus manos pálidas y hambrientas, cómo explicar lo que sentía, aquello era como un sabotaje en una calle céntrica, o como cuando de pronto aparecen los vikingos y lo invaden y lo devastan todo, no sé si has tenido alguna vez esa sensación...

—No sé qué decirte, Andrea, pero comprendo lo que me cuentas.

—Por eso te lo cuento, Aurora, porque yo sé que tú sabes comprenderme. Éramos inocentes, Horacio y yo, ¡y él era tan delicado y a la vez tan fuerte! Y yo también era fuerte, como recién salida de la fragua de Vulcano. Y los dos éramos incansables, pero al final siempre era yo quien levantaba mi bandera blanca hecha jirones. «Me rindo, me rindo», decía, pero aun así seguía oyéndose durante mucho tiempo el fragor del trueno. Nos decíamos muchas tonterías, hacíamos planes fantásticos para el futuro. Nos iríamos a una montaña a vivir con las águilas y la nieve, surcaríamos los océanos volando sin motor, visitaríamos las tumbas de los dioses, estaríamos siempre lejos de cualquier parte. Eran travesuras de niños en una tarde de verano. Y, con la mano en el corazón, Aurora, déjame que te pregunte una cosa: los sueños infinitos, ¿quién puede refutarlos? ¡Pero no me respondas! De sobra sé que las preguntas son siempre un estorbo, ¿no crees?

—Es posible. Gabriel sabe responder a todas las preguntas, pero yo casi nunca tengo respuestas para nada.

—Eso se llama pureza —afirmó Andrea—. O por lo menos así lo llamo yo. Por eso Horacio les puso a sus hijas los nombres de Eva y Azucena. Porque era un hombre puro. Y cuando nació Eva, precisamente, nosotros comprendimos que nuestro amor ya era imposible. Recuerdo una vez (y te lo cuento para que veas cómo éramos Horacio y yo), cuando Sonia estaba muy embarazada de Eva, que estábamos en casa de Horacio. También mamá, que había ido a cuidar a Sonia y a su querido Horacio. Ya habíamos cenado, era tarde, y nosotros, los cuatro en el sofá, arropados todos con la misma manta, veíamos una película, con todo a oscuras, con solo el brillo del televisor. Te lo imaginas, ¿no? Pues sí. Bajo la manta buscamos nuestras manos y allí, delante de todos, lo hicimos casi todo. Así éramos de inocentes y de peligrosos. Sonia no se enteró de nada, claro está, pero mamá yo creo que sí, porque, aunque estaba medio dormida, de pronto abrió los ojos y dijo, casi gritó: «¿Qué pasa aquí? ¿Qué estáis haciendo?». Y Horacio respondió, muy sereno: «Duerme, mamá», y ella cerró los ojos, suspiró y volvió a trasponerse. No voy a preguntarte si Gabriel y tú os amáis, no quiero saberlo. Yo no quiero saber ya nada del amor. Pero, fíjate, aquella pregunta de mamá fue como un solo de batería para advertirnos de que nuestro amor solo podía ser trágico para ser eterno. «Tenemos que amarnos solo con el pensamiento», decía Horacio. Y me decía que tarde o temprano mamá y Sonia terminarían descubriéndonos, y entonces, ¿qué sería de ellas?, ¿qué sería de las niñas? Porque Azucena también venía ya de camino. Así que nuestro amor volvió a ser platónico. Incluso cuando se divorciaron, siguió siendo platónico, porque no queríamos hacerles daño ni a mamá ni a las niñas, y porque Horacio es hipersensible, y prefiere sufrir él que hacer sufrir a los demás. Y lo mismo yo. Solo muy de tarde en tarde nos veíamos y nos entregábamos a la pasión, pero cada vez menos, y cuando nos encontrábamos en las comidas familiares, casi no nos atrevíamos a mirarnos, porque, según Horacio, mamá sospechaba de nosotros desde aquella noche de la película y la manta y nos vigilaba sin parar. Porque mamá es una bruja y tiene dotes de adivina. Pero en la distancia, seguimos amándonos con locura, desesperadamente, y yo creo que ni la muerte podrá acabar con nuestro amor.

—¿Y todo eso se lo has contado a Sonia?

—Todo. Se lo acabo de contar ahora mismo.

—¿Y ella qué te ha dicho?

—Solo habló al final, para decir un montón de mentiras. Entre otras cosas dijo que Horacio es un degenerado.

—¿Un degenerado?

—Claro, ¿no comprendes? Solo quien les tiene asco a los hombres puede confundir la degeneración con la inocencia. Así se lo he dicho, y de paso también le he dicho que ella no sabe lo que es el amor, y que lo mismo que le pasó con Horacio le pasará ahora con Roberto.

—¿Amor? ¡Qué estúpida eres! —dijo Sonia—. Horacio se aprovechó de ti, como de todas las que puede, y cuando se cansó de hacerte guarrerías te contó esa milonga del amor platónico, y de las sospechas de mamá, y de que las niñas no debían sufrir. ¡Qué le importarán a él las niñas! En el fondo, me das pena. Horacio no me da ninguna pena, pero tú sí.

—¿Pena?, ¿tú pena de mí? Mira, aquí mi fusible está ya a punto de explotar. Ni loca cambiaría mi vida por la tuya. ¿Sabes lo que tú eres? Una conformista y una fracasada, alguien que nunca, ni por un instante, ha estado enamorada del peligro. Nunca tuviste un ideal, y en tu corazón no hay ni una gota de poesía.

Tú nunca has oído caer en el polvo las lágrimas de los guerreros. Pero yo sí. Yo muero al menos por heridas de guerra, pero tú eres solo un robot, como tus muñecas. Tú sí que me das pena a mí.

—Escúchame bien —dijo Sonia—. No quiero volver a saber nada de ti. Nunca más. Por nada del mundo vuelvas a llamarme.

—¡Ah!, ¿no? ¡Claro que sabrás de mí!, porque nuestros caminos se encontrarán en el infierno.

—Allí nos veremos entonces, pero antes quiero que sepas algo sobre Horacio. Tú dices que me has desenmascarado a mí, ¿no? Pues bien, ahora seré yo quien desenmascare a Horacio. Es algo que nunca le he contado a nadie, por vergüenza, y sobre todo por las niñas. Pero después de oírte, ya nada me impide contarlo. Al revés, es necesario que lo cuente, y no solo a ti, también a Aurora y a Gabriel, y sobre todo a mamá, para que sepa con qué tipo de hombre me casó, quién es realmente su querido y admirado Horacio. Y de paso también les contaré lo tuyo, para rematar bien la historia.

—¿Y qué te contó?

—Mentiras y calumnias. No la creas, Aurora, todo lo que dice se lo inventa para justificarse. Por eso te he llamado enseguida, apenas le colgué a Sonia, porque a ella le faltará tiempo para llamarte y contarte su historia ridícula y vulgar.

Y era cierto, porque ya tres veces había oído la señal de una llamada entrante, y Aurora sabía con seguridad que era Sonia. Se sintió muy cansada, quizá como nunca en la vida, sin fuerzas para decir siquiera una palabra.

—¿Sigues ahí, Auri?

—Sí...

—¿Sabes? Horacio era la carta que me faltaba para la escalera de color —dijo aún, y Aurora sintió que algo empezaba a romperse dentro de ella, y en ese instante solo tuvo ganas de dormir, de hundirse en un sueño profundo que la liberase de la pesadilla de la realidad.

—¿Estás con Alicia?

—Sí...

—A lo mejor tienes que atenderla...

—Sí.

—Pues entonces seguimos hablando mañana. ¿Te parece?

Y a Aurora le pareció bien. Con el móvil aún en la mano, cerró los ojos y dejó que el sueño la envolviese con su bulla de rumores y su secuencia ingrávida de imágenes. Y también ella en ese instante se sintió peligrosa.

14

Aurora recuerda que, antes incluso de nacer Alicia, Gabriel había empezado ya a aburrirse con la tesis, a flaquear en su entusiasmo, a dudar de las bondades de aquel proyecto que unos meses atrás le parecía noble y perdurable. Aurora, casi sin darse cuenta, había aprendido a captar las señales que anunciaban la decadencia de las ilusiones. Y recuerda que un día Gabriel llegó a casa con la noticia de que el director de la tesis le había propuesto escribir, como avanzadilla del gran tema de la felicidad en el vasto decurso histórico del hombre, una serie de artículos en una revista de mucho fuste cultural. Estaba eufórico. Para celebrarlo, salieron a cenar a un buen restaurante, y durante la cena y la sobremesa no dejó de beber vino y de hablar de los artículos, y al momento se le ocurrían mil motivos sobre los que explayarse sin apenas esfuerzo, cosa que haría además en un tono ameno pero que a la vez no abaratase el contenido, y hablaba de ellos, de los artículos, como si ya estuvieran escritos, publicados y hasta elogiados por la crítica académica, y aun por la periodística. «Es bueno comprometerse», decía. «Es bueno ofrecer lo que uno sabe a los demás, por humilde que sea, porque solo entre todos lo sabemos todo», y siguió hablando y hablando durante algunos días, hasta que una mañana de sábado se puso por fin a la tarea.

Durante varias horas no salió de su cuarto. No se oyó nada en ese tiempo. Ni una tos, ni unos pasos, ni un rebullirse en el asiento, ni el golpe fortuito de un objeto. Nada. Cuando Aurora lo llamó para comer, apareció serio, ausente, como presa de un vértigo. «¿Qué tal?», le preguntó. Y él: «Bien, bien», pero no dijo más. Tras la siesta volvió a encerrarse y, en perfecto silencio, estuvo trabajando hasta el anochecer. Salió del cuarto reconcentrado en lo suyo, y Aurora prefirió no preguntarle nada. El domingo se puso al tajo con las primeras luces del amanecer. La mañana transcurría plácida y callada. Después de despachar algunas tareas domésticas, Aurora se tumbó en el sofá a leer el periódico. Era ya casi primavera, una mañana luminosa, y solo se oía a lo lejos el rumor del tráfico o el canto de algún pájaro. Pero luego, y era ya casi mediodía, desde el cuarto de Gabriel le llegó un sonido que ella conocía ya muy bien. Era la bolita de madera que Gabriel usaba para representar partidos de fútbol en la mesa, tras despejarla de libros y papeles. A veces caía al suelo, se alejaba rebotando y enseguida se oían los pasos de Gabriel yendo tras ella y regresando después a la mesa. Aurora no le dio nunca la menor importancia a aquel juego infantil. Lo había oído muchas veces. Una manía inconfesable, un modo como otro cualquiera de aligerar y aflojar la mente de carga y de tensión.

Cuando comenzó a trabajar en la tesis, recuerda Aurora, durante algunos meses aquel sonido ya no volvió a oírse. Pero después sí. Primero de tarde en tarde y, poco a poco, con más frecuencia cada vez. Sin proponérselo, Aurora empezó a relacionar aquel pasatiempo clandestino con los estados de ánimo de Gabriel y con su grado de entusiasmo con la tarea que tuviese entre manos. Por eso, cuando aquella mañana de domingo oyó las idas y venidas de la pelotita y de los pasos, supo que algún mal suceso venía ya de camino, y más cuando pasaba el tiempo y el trajín del juego no cesaba. «Algo no va bien. Quizá es que no consigue escribir los artículos», pensó. «Pero mejor no preguntar. Mejor hacer como que aquí no pasa nada.»

Y, en efecto, nada pasó esa tarde, que transcurrió en silencio, cada cual en lo suyo, una tumbada en el sofá y el otro en el sillón, frente al televisor. Pero al día siguiente, aprovechando que estaba sola en casa, entró en el cuarto de Gabriel con la intención de hacer limpieza, pero también guiada por una intuición que no tardó en hallar respuesta. Guardada en un armario tras la ropa de invierno —es decir, escondida—, había una bolsa de plástico llena de papeles escritos, rotos y estrujados, algo así como una composición artística que quisiera expresar, en una versión actualizada de los mitos antiguos, los infructuosos trabajos del ser humano ante un imposible, y la violencia destructiva que todo eso conlleva. Los papeles, que Aurora examinó temerosa, no para enterarse del contenido sino para intentar entender algo de su fondo simbólico, estaban casi todos tachados, y aquí y allá llenos de caprichos geométricos, de algún dibujo erótico, de alineaciones de fútbol formadas por jugadores inventados, y es de suponer que mitificados desde los tiempos de la infancia.

Durante días y días no volvió a hablarse de los artículos, hasta el momento en que Aurora decidió preguntarle por ellos. «Ah, los artículos», dijo Gabriel. «Ya ni los recordaba», y a modo de comentario marginal contó que no merecía la pena escribirlos, entre otras cosas porque eso lo obligaba a malvender sus ideas, elaboradas durante tantos años, fiándolas más al ingenio que al rigor. «No, no hay que caer en la tentación del éxito inmediato. Puestos a hacer algo, si es que merece la pena hacer filosofía en un mundo de bárbaros, prefiero hacerlo en serio, a mi manera y a mi ritmo, aunque nadie me lea. Seguiré con la tesis», y ahí aprovechó para disertar sobre los viejos y queridos principios que habían guiado desde siempre su vida. Y, aunque continuó ocupado en la tesis, Aurora no podía reprimir la sospecha de que la tesis se había convertido en un pretexto para no hacer nada, porque cada vez acudía más de tarde en tarde a ver al director, y nunca hablaba con ella de sus logros, de sus esperanzas, de sus dificultades. Y raro era el día en que, a lo largo del encierro claustral en su cuarto, no se oían los rebotes de la pelotita y el ir y venir de sus pasos, entregado acaso a aquella tontuna con una pasión y una constancia como no le había dedicado nunca a la filosofía. Y otra vez se quedaba absorta, preguntándose cómo era en realidad Gabriel, con qué tipo de hombre se había casado, qué había en él de apariencia y qué había de verdad.

Una tarde, como se había ofrecido a prestarle el *Emilio,* de Rousseau, a un compañero del colegio, buscando entre los libros especializados que Gabriel guardaba en los estantes de su cuarto, Aurora aprovechó para poner un poco de orden en aquella pequeña biblioteca donde había tomos trastocados, o atravesados sobre los cantos de los otros, o puestos en el suelo o en alguna silla, a la espera de ser devueltos a su sitio, y en una de esas llegó a sus manos un grueso ejemplar sobre filosofía escolástica, y en el intento de alinear las páginas mal encuadradas, a Aurora se le desencuadernó del todo el libro, y aparecieron en el suelo unos cuadernillos que resultaron ser revistas pornográficas y, entre ellas, poemas escritos con la letra de Gabriel, balbuceos líricos de amor, a veces de carácter erótico y a veces abiertamente obscenos, dirigidos a tres mujeres, a las que nombraba Marta, Nuria y Beatriz. Si eran buenos o malos aquellos versos, si eran testimonios de amor imaginarios o reales, y por qué estaban entre las hojas de aquellas revistas vulgares y baratas, Aurora no lo supo nunca. En otros libros, enmascarados en las tapas de libros sesudos, encontró cómics y novelas de ciencia ficción, policíacas y del Oeste. Avergonzada de sí misma, devolvió todo a su desorden original y salió de allí como si escapase de la escena de un crimen.

Que Gabriel fuese poeta le pareció una anomalía más de su carácter. Desde entonces, decidió desentenderse de sus propias incertidumbres y aceptar las cosas en crudo, tal como el destino decidiera mandarlas.

Al cabo del tiempo, sin embargo, las piezas sueltas del pasado han ido encajando por sí solas en la memoria de Aurora. Quizá por eso, no le sorprendió demasiado que, en cuanto detectaron la enfermedad de Alicia, él abandonase de inmediato la tesis para entregarse del todo a su dolor. Es más: también se desentendió de Alicia, ya que la plenitud de su desgracia le exigía dedicarse en exclusiva a ella, a su desgracia, porque ya no era la desgracia de Alicia sino la suya, y eso lo invalidaba para cualquier tipo de acción. De algún modo, la desgracia lo defendía de la propia desgracia, y con una se evadía de la otra, y de paso lo ponía también a resguardo de los compromisos que había adquirido con la tesis. Le faltó tiempo para ir a ver al director y contarle los pormenores de su desgracia, y cómo su desgracia lo obligaba por ahora, y quizá para siempre (quizá ya ni siquiera mereciese la pena vivir), a abandonar la tesis. Y como Aurora había pedido la excedencia para consagrarse al cuidado de Alicia, se sintió eximido también de otros muchos trabajos cotidianos. Aurora la llevaba y la traía del colegio, hablaba con la tutora, con la psicóloga, la llevaba después a la consulta, la esperaba, y ya en casa hablaba y jugaba con ella, la ayudaba en los deberes y en los ejercicios de terapia, le cantaba canciones, le contaba cuentos, y por las noches se quedaba con ella junto a la cama hasta que se dormía. Gabriel se ocupaba de la cena de los tres, fregaba los cacharros, y a veces iba a recogerla al colegio o la llevaba al parque, y el resto del tiempo se dedicaba solo a su desgracia, bien en soledad, bien en compañía de algún filósofo o algún músico. Por esa época se aficionó, y de qué modo, a los *Nocturnos* de Chopin. «Toda mi pena y mi melancolía, toda mi amargura, todo mi desengaño del mundo, caben en esa música», le decía a Aurora, y la invitaba a escucharla juntos, para endulzar juntos el dolor. Y, si no era la música, recordaba sus viejas y queridas máximas filosóficas, porque nunca como entonces estuvo tan convencido de ellas, y nunca en ellas encontró tanto alivio. Por momentos, a Aurora le parecía que estaba haciendo una representación teatral de su dolor. Días enteros de permanecer en silencio, abismado en sí mismo, bien en su cuarto, jugando a menudo con la pelotita, y es de suponer que escribiendo versos eróticos a Marta, a Nuria y a Beatriz, aquellas amadas que acaso no fuesen del todo imaginarias, o bien siguiendo algún programa en la televisión mientras se enmascaraba tras un libro, que acaso contuviese una novela barata, con sus gafas de leer y un lápiz en la mano.

Una tarde, en que repitió una vez más, mientras veía una película de acción, que hay que someterse a los designios de la naturaleza y que es inútil oponerse a la fatalidad, Aurora dijo: «¿Fatalidad?», y le salió una voz áspera y retadora. «¿Fatalidad? ¿Qué dices tú de fatalidad? Alicia tiene un problema, eso es todo, y puede mejorar. Va a mejorar», recalcó. «¡De eso, ya me encargaré yo!» Gabriel guardó silencio un buen rato, y luego empezó a hablar como desde muy lejos, con una voz lenta y fatigada pero llena de una cólera sorda. Él no había dicho que Alicia no pudiera curarse, él solo había hablado de principios generales acerca de la condición humana, y si estaba insinuando que a él no le importaba la salud de Alicia, o que se había rendido de antemano a la fatalidad, o que su dolor era menor que el de ella, estaba muy equivocada, y ahí empezó a alzar y a aborrascar la voz, y a disertar sobre las muy diversas formas de percibir el infortunio y de enfrentarse a él, pero Aurora, con una mirada dura, como Gabriel nunca le había visto, se levantó y se marchó a otro cuarto y lo dejó a gritos con su discurso exculpatorio.

Ahí fue cuando las relaciones empezaron a deteriorarse. Silencios que valían por una acusación, miradas furtivas o modos ostentosos de no mirarse, pasos fuertes y decididos que anunciaban convicciones irreductibles, objetos tratados con violencia, exclamaciones y blasfemias de contrariedad. Y también fue por entonces cuando Gabriel empezó a salir más de casa, y cada vez con más frecuencia, a comer fuera y a llegar tarde, a veces muy tarde, y siempre con el paso vacilante, las manos torpes, el aliento cargado de alcohol. En un tono quejoso y displicente, contó que en el instituto había dos bandos irreconciliables y que, compañeros de ambas partes, lo habían animado, casi exigido, a que se presentase a director, para pacificar el claustro. Esa era, pues, la razón de sus ausencias. Aurora lo escuchó con una expresión neutra. Gabriel siempre había criticado con dureza las mezquinas luchas de poder que se producían en los institutos, lo cual revelaba muy bien, en una miniatura de lo más elocuente, las grandes miserias de la naturaleza humana. Adelantándose a la contradicción, y como si le hubiera leído el pensamiento, Gabriel dijo que si, a pesar de sus evasivas, se veía obligado a presentarse a la elección, sería de un modo breve, provisional, para poner paz entre los contendientes y a la espera de un candidato de consenso. Eso dijo, en ese lenguaje burocrático, y a Aurora le pareció todo aquello poco menos que inverosímil. No sabía por qué, pero estaba convencida de que Gabriel le mentía. Y otra vez pensó en Marta, en Nuria y en Beatriz, y en los versos de amor, pero estaba tan atareada que no tuvo tiempo de perseverar en esa intuición.

Porque no solo era Alicia. En el colegio había conseguido una dedicación parcial, que le permitía dar algunas horas de clase cuando no tenía que ocuparse de Alicia. Pero, además, estaban las llamadas de Sonia y de Andrea, e incluso a veces de la madre, cada una con su historia, horas y horas con sus cuentos interminables, casi todos llenos de minucias mil veces oídas y que ellas no se cansaban jamás de repetir, con sus versiones encontradas, donde no había episodio, por pequeño que fuese, que no tuviera otras variantes, que no se rebatieran o se negaran entre sí, que no admitieran los más prolijos y enrevesados comentarios, de forma que Aurora tenía la agotadora impresión de estar envuelta en una pesadilla de la que era imposible despertar.

Y así, año tras año, todos los días de todos los meses, a cualquier hora, fue enterándose del argumento exacto de sus vidas. Supo que Andrea, cuando encontraba trabajo, a veces vivía de pensión o en algún pisito de alquiler, pero otras veces, aun cuando tuviera trabajo, volvía a casa de la madre para vivir con ella. Andrea tenía con su madre una relación de odio que se parecía mucho al amor, y que le impedía vivir con ella, pero también sin ella, de modo que, cada poco tiempo, vivían juntas, hasta que la relación se hacía insufrible y Andrea abandonaba la casa materna con la solemnidad de un portazo que esta vez parecía ya el definitivo. Según Andrea, ella regresaba al hogar para cuidar de su madre y para que no viviese sola, no por otra cosa. Porque a su madre la quería con locura y era feliz sacrificándose por ella. La madre, sin embargo, contaba que, si volvía a casa, no era para cuidarla, porque ella no necesitaba que nadie la cuidara, sino porque le convenía, porque así tenía gratis la comida y el alojamiento, y siempre a mesa puesta y sin hacer nada en la casa, y de paso y sobre todo para atormentarla con la vieja historia de que ella, la madre, fue la culpable de sus fracasos musicales y religiosos, y a todas horas con la tabarra del gato, del día que la abandonó, de cuando la dejó fugarse de casa una noche de invierno, de la sortija, de Horacio, y de cuando la puso a limpiarles el culo a los viejos, y de cuando la sacó del colegio, y cómo siempre quiso a Sonia, y sobre todo a Gabriel, más que a ella, y cómo tiró a la basura el cuadro del Gran Pentapolín, y de ahí pasaba a acusarla de que ella nunca quiso a su marido, y de cómo ella, Andrea, era sin embargo la preferida del padre, que la llamaba su princesita, y que un día la llevó al zoo, los dos solos, y se montaron los dos en un camello y se hicieron una foto, cosa que con ella, con la madre, hubiera sido imposible, porque la madre no se hubiese montado nunca en un camello, y ahí se reía sarcásticamente, solo imaginarla encima de un camello resultaba ridículo, y menos con ella, con Andrea, que era la hija repudiada, la hija que nunca hubiera deseado tener. Y, bajando unos escalones más en el repertorio de agravios y reproches, ¿qué decir de sus sopas que sabían a ovejas peludas, y de la foto del zoo, que sin duda ella destruyó, y de su moño, y de su maletín negro, y de los curruscos que guardaba para Gabriel, y de su pesimismo enfermizo, y de su absoluta falta de sentido del humor y del juego? «Lo que más le ha gustado en el mundo es hacerme sufrir», solía decir la madre.

Durante años, Aurora escuchó las confidencias de Andrea, sus largas quejumbres acerca de un pasado que no acababa nunca de pasar. Y, entretanto, anduvo dando tumbos hasta que al fin se colocó por oposición en una agencia de correos, y aunque su vida siempre estuvo marcada por el fracaso musical y amoroso, así y todo consiguió encauzar sus inquietudes y encontrar algo de equilibrio y de paz en esas formas menores de religión que son el ecologismo, el animalismo, el naturismo, y por supuesto la música, sus invencibles canciones de punk y métal, refugio final donde defenderse de los fantasmas de la soledad que venían a torturarla con los sinsabores de los sueños rotos...

¿Y Sonia? También Aurora tuvo noticias puntuales de sus aconteceres, por pequeños que fuesen. Tras el divorcio, la madre le ofreció volver a la mercería, no por ella, por Sonia, sino por Eva y Azucena, y Sonia aceptó, por necesidad, y durante algunos meses estuvo soportando las recriminaciones de la madre por haber arruinado su futuro junto a un hombre tan bueno y tan cabal y tan educado y tan caballeroso como era Horacio, y cuando cesaba en sus lamentos, aparecían los ruegos: «¿Por qué no lo llamas y le pides perdón y vuelves con él?», «¿Dónde vas a estar mejor que a su lado?», «¿No ves que las niñas necesitan un padre?», «¡Ay, si supieras cómo sufre Horacio por ti y las ganas que tiene de que regreses al hogar!». Y a los ruegos seguían las preguntas capciosas: «¿No estarás enamorada de otro?», «¿Se puede saber qué es lo que no te gusta de Horacio?», «¿Qué desacuerdo hay entre vosotros que no se pueda arreglar hablando?». Y Sonia callaba, un día y otro día, porque no se atrevía a contarle a su madre por qué se había separado en verdad de Horacio, en parte por pudor y sobre todo por las niñas, para que no llegaran a saber qué clase de padre era el suyo, hasta que un día no aguantó más y, en medio de un ataque de histeria, se marchó para siempre de allí.

«Y es verdad que mamá siguió ayudándome mucho con las niñas, y pasaban casi más tiempo en su casa que en la mía, pero es que yo a mamá ya no la soportaba. Odiaba su mirada siempre acusadora, su moño puesto allí como para recordarme mis culpas, su manera de sentarse, como si estuviera en la antesala de una consulta o esperando un tren que aún tardaría mucho en llegar, sus quejas a todas horas por el precio de las cosas y por las desgracias venideras y por la tortura misma de vivir.»

Hasta que al fin se colocó en una agencia de viajes, gracias a su inglés y a sus inquietudes viajeras, y ahí su vida se remansó en un tiempo liso, monótono, sin ilusiones pero también sin sobresaltos. «Un asco de vida», solía decir, porque, aunque ahora podía permitirse algún viaje, había perdido la curiosidad por conocer otros paisajes y otras lenguas. Y Aurora escuchaba e intervenía solo para sosegar, para animar, para poner un poco de cordura o un poco de humor en el tono siempre agrio de los relatos. Hubo también algunos idilios pasajeros, y durante esas épocas llamaba casi todos los días a Aurora para dar cuenta de cada escena del romance, con todos sus pormenores y presagios, qué dijo él, qué cara puso, cómo iba vestido, qué le contestó ella, qué signos le parecían propicios y cuáles adversos, y así años y años, hasta que Sonia decidió que ya no quería saber nada del amor, y clausuró para siempre su vida sentimental. La vida era un asco, el amor era un asco, la familia era un asco, los viajes eran también un asco, todo era un asco. Y aun así seguía llamando a Aurora para reafirmarse en sus convicciones y para hurgar en el pasado cada vez con más saña, porque el yermo en que se había convertido su vida tenía su origen en episodios concretos del pasado, tan concretos que podía contarlos con la claridad didáctica con que se les cuentan las cosas a los niños, señalándolas casi con el dedo, y así se las contaba a Aurora y así Aurora las escuchaba un día y otro día, viendo llover tras la ventana, viendo caer el sol a plomo en las horas mortales de la siesta, viendo florecer los árboles, viendo volar las hojas muertas en el viento. Nunca, nunca, aunque no pase nada, la gente deja de contar, y si hay infierno, también allí seguirán contando por los siglos de los siglos, dándole cuerda una y otra vez al juguete de las palabras, intentando entender algo del mundo, tanteando en el absurdo de la vida en busca quizá de algún resorte que abra su ciega cerrazón, como la cueva de Alí Babá al conjuro de una palabra mágica, y nos descubra el gran tesoro de la razón, de la luz, del sentido exacto de las cosas...

Sus discursos, no obstante, desde hace casi un año, han cambiado de tono y de color. Lo que son las cosas. Cuando su vida estaba ya resuelta en soledad y en desamor, pero también en conformidad con el destino, y cuando empezaba ya a ser, como ella misma decía, una soltera con resabios de viuda, he aquí que de pronto apareció Roberto y, con él, otra vez la ilusión. «Llegó a la agencia porque quería ir a Kenia, que es uno de esos sueños africanos que casi todo el mundo guarda en su corazón. Nada más verlo, me gustó, y sentí algo que nunca había sentido, y justo en ese instante me dije: "El amor existe, el amor del que hablan las canciones románticas no es ninguna invención sino que existe de verdad, tantos años para venir a descubrirlo ahora, los flechazos existen", y sentí un gran júbilo, un júbilo que me rebosaba, pero también tuve miedo, porque si el amor era todo belleza, también era algo monstruoso, algo que te da vida o que te mata. Y entonces ocurrió el milagro, porque él sintió lo mismo que yo. Luego supe que era psicólogo, que tenía un hijo, que estaba divorciado, pero en esos momentos, fíjate lo que te digo, Aurorita, en esos momentos supe más cosas de él, y él de mí, que las que luego nos contamos, y las que podremos contarnos durante el resto de la vida. Lo supimos todo, y eso que solo hablamos de precios y ofertas, de tasas, de hoteles y excursiones guiadas, de mosquitos y enfermedades, aunque también del Masái Mara, del Serengueti, del Ngorongoro, y creo que los dos oímos a la vez el rugir de los leones y la estampida de las cebras, porque según hablaba recuperé de golpe toda la pasión infantil que yo tenía por los viajes, y al hablar se me iluminaba el rostro, yo lo notaba, mientras él me miraba extasiado con sus ojos azules de psicólogo. Quién nos iba a decir que en una agencia de viajes íbamos a encontrar los dos, sin necesidad de salir de nuestro barrio, el gran viaje de nuestra vida. Y esto te lo estoy contando yo, Aurorita, que ya sabes que no soy nada romántica. No sé si tú has sentido alguna vez algo así.»

Y Aurora no supo qué decir, porque es verdad que no lo sabía, y ahora, que recuerda aquel momento, aparta el pensamiento de sí, porque prefiere no saberlo.

Tampoco quiere saber si Gabriel ha sentido algo así con ella, o quizá con Marta, con Nuria o con Beatriz, como una realidad o como un sueño. ¿Qué grado de realidad, por cierto, tiene el amor imaginado, pero vivido con la misma plenitud que si fuese real? ¿Cómo es esto? Porque si los celos, por ejemplo, pueden ser inventados, ¿por qué no también todo lo demás? «¿Estaré volviéndome loca?», se pregunta, «¿he estado siempre enferma sin siquiera saberlo?» Y piensa en Alicia, y se estremece, ante la cercanía casi física de la culpa.

Y recuerda que cuando Gabriel empezó a ausentarse de casa con el pretexto de dedicarse a pacificar el instituto, ella empezó a pensar en Marta, en Nuria y en Beatriz. ¿No serían amantes reales? Quizá compañeras, o quizá alumnas. Y recordó el episodio de la noche de bodas en Roma, y la secreta afición de Gabriel a los placeres solitarios y a las revistas pornográficas, y entonces también se sintió culpable ante él, como le ocurría con Alicia, porque acaso no sabía agradar y satisfacer a su esposo, y quizá por eso, y por su influencia dañina y melancólica, Gabriel había perdido el carácter dulce, sabio y sereno que tenía cuando lo conoció.

Pero, luego, yendo a lo profundo y claro de sus vidas, también se revolvió contra Gabriel. Sintió por él una furia desconocida en ella, una furia que al sosegarse se convirtió en un sordo latido de rencor. El mismo rencor que había conocido, con piedad y espanto, en Sonia y en Andrea. Y se imaginaba a Gabriel cortejando a sus jóvenes amantes. ¿Las seduciría como hizo con ella, con las mismas armas discursivas, con la misma elocuencia, con la misma imagen del hombre armónico y seguro de sí? ¿Haría bailar el bolígrafo sobre las yemas de sus dedos? Crecida por esta sospecha, convocó en su ayuda otras pruebas que la convirtieran en certidumbre, por ejemplo la pelotita, los versos, lo de hacer o no hacer ruido al comer, los reproches que le hacía por la simpleza de sus juicios estéticos, y aquí se detuvo de pronto, espantada de sí misma. ¿No estaría también ella reinventándose el pasado y construyendo una historia a su medida basada en sospechas, minucias e imaginaciones, como Sonia y Andrea? Y otra vez pensó si no estaría ya germinando la semilla de la locura que se abrigaba en su interior.

A partir de entonces, empezó a recabar señales y argumentos que la confirmaran o no en sus conjeturas. Ya sin pudor, envalentonada por el despecho y excitada por el placer de franquear los límites de la intimidad ajena, buscó entre las cosas de Gabriel, en lo hondo de los armarios y cajones, entre la ropa, tras los libros, y en todos los lugares que pudieran servir de escondrijo. Encontró fotos donde aparecía Gabriel con personas desconocidas, en las que no faltaban chicas jóvenes en actitudes y posturas que a Aurora le parecieron cuanto menos equívocas, encontró una caja de preservativos de fantasía, encontró un rizo de cabello, encontró los objetos que le servían para armar sus partidos de fútbol, y en el mismo cajón, ocultos bajo un montón de papelotes, encontró el cochecito rojo y el vaquero de plástico. Gabriel le había contado que dejó de jugar con ellos hacia los cinco o seis años, y que debieron de ir a la basura porque no volvió a verlos nunca más, y he aquí que ahora aparecían muy bien guardados, como si se tratase de objetos sumamente valiosos. Recordó que Sonia y Andrea en algún momento le habían dicho que Gabriel estuvo jugando con el cochecito y el vaquero hasta bien mayor, cuando ya era filósofo, y que Gabriel había aprovechado aquella mentira absurda para probar la inquina que sus hermanas le tenían.

Con paciencia y sigilo, descubrió que, en efecto, Gabriel seguía jugando con el cochecito y el vaquero. No supo qué pensar. No supo si absolverlo, y hasta enternecerse ante aquel inocente homenaje a la infancia, o tomarlo como una prueba determinante de su doblez, de su secreta falsedad, de la mentira general de su vida.

Entretanto, Gabriel había abandonado —una vez más— su intento de llegar a ser director, en el caso de que dijera la verdad, y durante un tiempo anduvo a la deriva, silencioso y huraño, sin ilusiones efímeras y sin hacer nada de provecho.

Pero el gran hallazgo lo hizo años después Alicia. Una tarde jugaba en el suelo con sus cosas cuando Aurora reparó en un objeto extraño, ajeno al mundo de Alicia, y al que Alicia le dedicaba una atención especial. Lo miraba y lo movía entre sus manos, acaso buscándole una utilidad o un sentido. Aurora se arrodilló junto a ella para participar en aquel juego. Se trataba de una sortija, una sortija antigua, pesada, y con una gran piedra preciosa de color carmesí. Le preguntó dónde la había encontrado, y Alicia extendió el brazo y señaló a un lugar cualquiera de la casa. ¿La había encontrado acaso en el cuarto de papá? Alicia dijo que sí, y lo reafirmó con la cabeza.

El primer impulso de Aurora fue aparecer ante Gabriel con el vaquero, el cochecito, los preservativos, los versos de amor y la sortija, y enseñárselos en una mano sin pronunciar ni una palabra, mirándolo a los ojos, ella y él frente a frente, y en medio de los dos aquellos mudos e inapelables testimonios que también tenían algo que contar, la historia de un oscuro pasado que acaso Gabriel le pudiera explicar. Pero no, le pareció demasiado cruel, demasiado castigo para un hurto que había ocurrido hacía muchos años, y cuyo ladrón era solo un niño. Sin saber qué hacer con la sortija, primero pensó en tirarla, o dársela a cualquier mendigo, pero como tampoco deseaba que aquella fechoría quedase del todo impune, encomendándose al término medio, finalmente la dejó caída al azar en un rincón del cuarto de Gabriel.

«No sé si hice bien», piensa ahora, y mira apenada los dibujos de carnaval que han hecho los niños, sus pequeñas fantasías puestas en trazos y en colores. Quizá es mejor que los ahogados salgan a flote, que se los entierre de una vez por todas con sus responsos y sus flores. Porque, a partir del hallazgo de la sortija, Aurora quedó presa en la telaraña del relato familiar y, cuando quiso darse cuenta, se vio convertida ya en un personaje más de la trama. Mientras atendía a Alicia, mientras daba sus clases y cuidaba del hogar, mientras escuchaba a Sonia y a Andrea y a veces también a la madre, también ella, Aurora, le daba vueltas y vueltas en la mente al cochecito, al vaquero, a la sortija, a Marta, a Nuria y a Beatriz, a la pelotita, al rizo de pelo, a los versos, a los cómics, a aquella noche en Roma, y a otros asuntos inocuos y ridículos que habían conseguido erigirse en los verdaderos protagonistas de la vida, en poderosos señores a los que rendir pleitesía, y los que finalmente tenían potestad para negar o conceder el don supremo de la felicidad.

Y quisieron esos grotescos señores que gobiernan las vidas que Gabriel —quizá porque, al encontrar la sortija, se le hizo la luz, mucha más y alta luz que la que daban su Platón o su Kant— volviese un día a casa en un estado lamentable de borrachera, de culpa y de arrepentimiento, y se pusiera a hablar ante Aurora, no un discurso coherente sino palabras tontas, aunque emotivas y sinceras, al menos en apariencia, hasta que de pronto se hincó de rodillas, humillándose ante ella, como homenaje y anticipada penitencia, hablando horrores de sí mismo, y solicitó su perdón, y una segunda oportunidad de ser sabio, e invocó un futuro que ya no tenía el esplendor de los tiempos de novios, pero que prometía paz, cuidado, ternura, protección, mientras entreveraba alusiones a pistoleros y a safaris, a ranchos en llamas, a chirriar de neumáticos en una carrera loca hacia el abismo, a goles legendarios, a revólveres del 38 escondidos en la sobaquera..., perdido en un alegato degradante pero de algún modo verdadero, y Aurora, allí arriba, lo escuchó una vez más, escuchó aquel nuevo y modesto relato, y lo aceptó y se resignó a él, y de esa forma pactaron una tregua y regresaron a las tardes apacibles de lectura, de televisión, a esa monotonía que, cuando no mata, ayuda a pasar sin sobresaltos la jornada.

Y en eso estaban, ya el camino llano hacia un porvenir sin riesgos ni esperanzas, cuando un día llegó Gabriel (¡tantas eran sus ansias de expiación y su afán de ejemplaridad y de concordia!, y no solo ante Aurora, sino también ante los suyos y ante todos) con la noticia de que había pensado organizarle una fiesta a mamá por su ochenta cumpleaños, donde al fin todos, toda la familia, tal como habían hecho ellos, se reconciliarían para siempre, y acabaran de una vez por todas con las pequeñas, mínimas afrentas y malentendidos que los habían enemistado hasta entonces.

«Sí, quizá mamá tiene razón», pensó Aurora al oírlo, y una remota intuición le reveló que, atraída por el bullicio de la fiesta, acaso la desgracia no tardara en acudir a su cita obligada con la fatalidad.

15

—Ay, Aurorita, al final he roto con todos —dijo Sonia.
—¿Con todos? —preguntó Aurora.
—Con mamá, con Andrea, con Roberto, y no sé si romper también con Gabriel, por haber organizado esa maldita fiesta de cumpleaños. Con todos. Los odio. No quiero volver a saber nada de nadie.
—¿También con Roberto? —se asombró Aurora.
—También. Ha sido horrible. Desde que le mentí sobre Horacio y sobre el cumpleaños de mamá, y él descubrió que le mentía, las cosas ya no fueron iguales. Él desconfiaba de mí, y yo de mí misma, y ya no hablábamos con la espontaneidad de antes. Tenía miedo de meter la pata, y cuando él empezó a hacerme preguntas sobre Horacio, sobre la familia, sobre mi pasado, yo no tuve valor para mentirle, pero tampoco para decirle del todo la verdad, así que era sincera solo a medias, y eso acabó de estropear las cosas, porque Roberto detectó enseguida mis contradicciones y, aun-

que no decía nada, con su forma de oírme y de callarse lo decía todo. No creía en mí, y se notaba que entre nosotros se había roto algo que era ya irreparable. Y no sé, pero de pronto empezó a darme todo igual. Fíjate, Aurorita, yo creo que ahí me salió el fatalismo de mamá y, antes de que llegara la desgracia, preferí dar todo por perdido.

—¿Y rompisteis así, sin más ni más?

—¿Cómo decir?, rompimos sin romper. Roberto me dijo: «Sonia, creo que debemos poner orden en nuestras vidas. Vamos a tomarnos un tiempo de reflexión». Y cuando un hombre dice eso, tú ya sabes lo que quiere decir. Desde entonces no nos hemos llamado. Nada. Ni siquiera un wasap.

—Lo siento mucho, Sonia, no sé qué decirte.

—No hace falta que me digas nada. Y además... No sé, es todo muy raro. Verás. Estoy fatal, pero a la vez yo creo que la verdad me ha fortalecido, o por lo menos serenado. Al día siguiente, ayer mismo, de pronto me dio por ponerme en plan purificador y destructivo, porque primero se lo conté a Andrea, como ya sabes. Le conté toda la verdad sobre Horacio. Y luego enseguida fui a ver a mamá, y allí en persona, frente a frente las dos, también se lo conté. Ahí solté todo el veneno que tenía dentro desde que me escondieron las muñecas y me sacaron del colegio y, como quien dice, me quitaron el babi para ponerme el traje de novia. Y cuando salí de casa de mamá, ¿qué crees que hice? Fui a ver a Roberto y le conté también toda o casi toda la verdad. Como el amor es magia, y ya no había magia entre nosotros, me daba todo igual. Por eso te llamo, porque tú eres la única con la que todavía puedo hablar, la única que me comprende y la única a la que todavía no le he contado la historia.

Aurora cerró los ojos y respiró hondo. Hubiera preferido no escuchar esa historia, imaginó el silencio como un maravilloso refugio inexpugnable donde no llegaban las palabras, pero era inútil, porque Sonia ya había empezado a contar y Aurora escuchaba su voz como siempre escuchó las voces mendicantes que venían a susurrarle historias desde el principio de los tiempos.

—... porque ya me lo había dicho de novios: «Cuando nos casemos, seremos inocentes, como si viviéramos en el Paraíso Terrenal, cuando aún no existía el pecado». Yo tenía catorce años, y además estaba muy aniñada, y no tenía ni idea de lo que quería decir Horacio con aquello, pero en cuanto nos casamos lo aprendí enseguida. En la noche de bodas me dio un curso acelerado de inocencia, y a partir de ahí mi vida se convirtió ya en un sinvivir.

—¿Adónde fuisteis de viaje de novios?

—A ningún sitio. Yo creí que me llevaría a algún lugar exótico, al Caribe, a la India; al menos eso sacaría de haberme casado con él. Pero él me dijo: «Es mucho mejor viajar con la imaginación, como hacen los niños. Aquí, en nuestra casa, tenemos todo para ser felices. No necesitamos más. Nuestra casa es nuestro Paraíso. Además», decía, «los ladrones están siempre al acecho y se enteran de todo, y si nos ausentamos, en cuanto nos vean salir con el equipaje entrarán en casa y nos robarán nuestros tesoros». ¿Quieres creer que no viajamos nunca? Jamás. Ni siquiera por España. Ni siquiera salimos de Madrid. De hecho, yo no vi el mar hasta después de divorciada. Así que la noche de bodas, como todas las noches, la pasamos en casa. Vosotros fuisteis a Roma, ¿no?

—Sí.

—Qué suerte. Nosotros no. Nosotros nos fuimos a casa el mismo día de la boda, a aquel piso enorme y oscuro, y nada más entrar, Horacio me dijo: «Primero, vamos a bañarnos. O, mejor dicho, yo te voy a bañar a ti, ¿vale? Como cuando eras pequeña y te bañaba tu papá». Y yo me negué, claro. Le dije que tenía quince años y que ya me bañaba yo sola, sin ayuda de nadie. «Ahora soy tu marido», dijo Horacio, muy serio. «Me da igual.» «Entonces, te llevaré a la fuerza, como se hace con las niñas rebeldes», bromeó él, e intentó llevarme a la fuerza. «¡A ver esta niña mala, que no quiere bañarse!», decía y repetía, y venga tirar de mí. Yo vestida de novia y él de chaqué, imagínate el cuadro. Pero yo me resistí y no pudo conmigo. Se quedó tras la puerta del baño, suplicándome: «Por lo menos déjame jabonarte, solo jabonarte», y a veces ponía voz de ogro: «Si no me abres, tiraré abajo la puerta y te comeré las asaduras», y aunque lo decía en broma, a mí empezó a darme miedo de verdad. Pero sobre todo tenía miedo a lo que podía ocurrirme esa noche. Ese era mi verdadero terror. Luego se fue y ya no se le oyó más. Solo se escuchaba el silencio enorme de la casa. Yo tardé mucho en bañarme, y cuando al fin abrí la puerta vi que en el suelo, muy bien puesta, había una caja con lazos de regalo. «Para mi niña mala», ponía en una tarjeta. Era un pijama de colorines, con dibujos infantiles de animales. Era de lo más ridículo, y a mí me daba vergüenza ponérmelo, pero al final me quité el albornoz y me lo puse, mientras me preguntaba: «Qué está pasando, Dios mío, qué me está pasando». De haber podido, te juro que habría huido de allí, o me habría suicidado, o yo qué sé qué hubiera hecho.

—Te comprendo muy bien —dijo Aurora—. Debió de ser muy duro para ti. Y además que tú no sabías nada de la vida.

—Ni de la vida ni de nada. Creo que ni siquiera sabía, o solo tenía una vaga intuición, de lo que hacían los hombres y las mujeres. Cuando Horacio me decía de novios que íbamos a tener dos hijos, a mí aquello me parecía algo abstracto, irreal, que no tenía mucho que ver conmigo. Así que fíjate cómo estaría yo aquella noche. Iba por el pasillo, un pasillo muy largo y oscuro, con mi pijama, y pidiéndole a Dios que me protegiera, que no me pasara nada malo. El salón estaba también a oscuras y solo se veía una franja de luz que salía de la puerta entreabierta del dormitorio. «¿Eres tú?», oí la voz de Horacio. «Sí», respondí con mi poquita voz, allí parada en la oscuridad y sin saber qué hacer. «Entra, niña, ven aquí conmigo, que vamos a jugar.» Y yo entré y vi a Horacio, que estaba ya en la cama, con un pijama parecido al mío, y un tablero de la oca puesto sobre la colcha, esperándome para empezar a jugar.

—No me digas que estuvisteis jugando a la oca.

—Más de una hora, cada uno con su cubilete y con su dado, y dos veces que el dado se me salió del tablero y se quedó torcido en un pliegue de la sábana, Horacio me dijo: «Has perdido una baza, por torpe». Y de vez en cuando se quedaba con el cubilete en el aire y me decía: «Ahora eres mi esposa y yo tu esposo, ¿lo sabes?». «Sí», decía yo. «Pues bien, ahora tenemos derecho a hacer todo lo que queramos. ¿Comprendes?» Y yo: «Sí». Y seguíamos jugando. Y al rato: «Ahora tú eres mía y yo soy tuyo. Quiero que pienses en eso», y se daba con el índice en la sesera. «Que lo pienses y que entiendas lo que eso significa.» Y otra vez a jugar. «Niña, ¿te has lavado los dientes?» Le dije que sí. «Así me gusta. Tres veces al día, como mínimo.» Y en algún momento sacó una bandeja de debajo de la cama y dijo: «Vamos a cenar». En la bandeja había todo tipo de chucherías, gominolas, kikos, sugus, fosquitos, regalices, de todo. «¿Ves? Somos inocentes como niños, y ahora nadie nos puede regañar. ¿No es maravilloso? Ahora somos libres y simples.» Y seguimos jugando y comiendo. Y luego: «¿Vas a ser buena?, ¿vas a ser obediente?», y yo hice un gesto ambiguo con la boca y los hombros. ¡Era todo tan extraño! Yo solo tenía ganas de dormir, de estar en otra parte, de despertar de aquel sueño y encontrarme otra vez yendo al colegio con mis cuadernos y mis libros. Debí de bostezar, porque Horacio me preguntó si tenía sueño. «Mucho.» «Pues entonces vamos a dormir.» Apagó la luz, nos metimos bajo las sábanas y él empezó a acariciarme muy levemente, el pelo, el cuello, la espalda, yendo y viniendo, mientras me cantaba una nana con la garganta, solo con la garganta, y eran tan relajantes las caricias y el son de aquella ronquerita, que a mí me entró aún más sueño, porque estaba agotada del trajín de la boda y era ya muy tarde, y lo último que recuerdo es que, antes de quedarme dormida como un tronco, él me susurró en la oreja: «Voy a darte cremita».

—No sabía que Horacio fuese un hombre tan especial.

—Especial es poco. Hay en él algo oscuro, algo terrible, algo peligroso y como depravado, que es para vivirlo y no se puede describir. Y todo bajo una apariencia bondadosa, paternal, y un poco curil. No me extraña que haya engañado a mamá, y a todos, durante tanto tiempo. Aquella primera noche yo tuve ocasión de descubrir de una vez por todas qué tipo de hombre es Horacio. Al principio creí que estaba soñando, que tenía una pesadilla, hasta que el dolor me despertó, un dolor insoportable, y me puse a gritar, y no solo por el dolor, también porque no sabía lo que estaba pasando, y porque estaba aprisionada, sin poder moverme, y aquella sí que era una pesadilla de verdad. Horacio estaba desnudo y me había desnudado a mí también. Me tenía boca abajo, él encima de mí, moviéndose a empujones y jadeando con unos bufidos como de animal acorralado. Intenté liberarme, pero era imposible. No podía ni siquiera moverme. Me tenía atrapada con todo su peso y haciendo presa con sus piernas. Porque Horacio, ahí donde lo ves, tan enclenque, y con ese aire enfermizo que tiene, posee mucha fuerza, y no había modo de escapar del dolor espantoso que sentía y de la sensación angustiosa de asfixia, con la cara hundida en la almohada y sin poder casi respirar. Y cuanto más hacía yo por soltarme, más apretaba él, así que al final me quedé quieta y me puse a llorar. Nunca en la vida me sentí más desgraciada. «¿Por qué lloras, niña?», me dijo él, sin dejar de jadear y moverse. «¿Es de dolor o de alegría, o es de las dos cosas a la vez?», y eso parecía excitarlo aún más.

—Ay, Sonia, lo que me cuentas es horrible. Me estás diciendo que te violó.

—Me la metió por todos lados, toda la noche sin parar. Yo ya no sabía si aquello era real o estaba soñando. A veces lloraba y a veces me dormía. Una vez me desperté creyendo que me ahogaba, y es que él me la había metido en la boca y me estaba ahogando de verdad. Perdóname, Aurorita, que te lo cuente con tanta crudeza, pero fue así. Yo solo había visto la pilila de Gabriel cuando lo bañaba, pero nunca la de un hombre, y menos erecta. No sabía ni lo que era eso. Y él encendió la luz de la mesilla para que se la viese, y la esgrimió sobre mi cara. «¡Mira, niña, mira y admírate! ¡Mira qué juguetito portentoso tengo para ti!», me dijo. Y yo lo miré y me pareció enorme, irreal de tan enorme. Es más, me pareció una deformidad, algo monstruoso, como una joroba, o como la cabeza del hombre elefante, qué sé yo. Porque además es verdad que la tiene enorme. No es que yo haya visto muchas, pero la suya tiene algo de anormal. Y con una mano me hizo pinza en la cara y con la otra me la volvió a meter dentro, y tan adentro que me dieron arcadas y empecé a vomitar todo lo de la boda y las chucherías de la cena, y de milagro no me ahogué en mi propio vómito...

—No sigas contando, Sonia, mejor no lo cuentes —suplicó Aurora.

—Al revés, quiero contarlo. Necesito contarlo.

—¿Y así se lo contaste también a Andrea y a mamá?

—Más o menos igual. Y a mamá todavía con más detalle.

—¿Y ella qué decía?

—Me escuchaba con su cara inexpresiva de siempre, la barbilla alta, los labios finos y fruncidos y el moño apretado a conciencia. Y yo le dije, para que lo supiera, que no solo me violó esa noche sino también luego, durante más de tres años seguidos. Porque esa es la verdad, y es bueno que la verdad se sepa. La verdad escondida envenena el alma.

—¿Y Andrea?

—Ah, no, ella piensa que miento. O, mejor dicho, que los hombres me dan asco. Andrea tiene su mundo, y ella es la dueña y señora de ese mundo, y allí no entra nadie más que ella y Horacio.

—Lo peor de todo es que las pesadillas de antes siguen siendo todavía pesadillas. Nunca despertaremos de ellas —dijo Aurora.

—Es cierto. La vida parece que es toda de una vez, sin capítulos o descansos. Todo lo que sucedió hace mucho tiempo sigue sucediendo ahora. A mí por lo menos me pasa. El único punto y aparte de la vida es la muerte.

Hubo un largo silencio.

—¿Sigues ahí, Aurora?

—Sí...

—¿Estás bien?

—Sí, claro...

—¿Seguro?

—Estoy un poco cansada. Solo es eso.

—No me extraña. La vida es un asco. Si quieres, dejo de contarte, o lo dejamos para otro momento.
—No, no, sigue. Porque contarlo te hace bien.
—Es que mi vida ya está vivida, y lo único que me queda es contarla. De la noche de bodas, está todo contado, y lo demás son variantes de aquella noche espantosa. Al día siguiente, antes de irse a la juguetería, Horacio habló conmigo, como si no hubiese ocurrido nada, educado, cortés, un poco como míster Hyde recién transformado en el doctor Jekyll. Habló otra vez de la inocencia y el Paraíso Terrenal, y que éramos como niños, libres y sin pecado, y que íbamos a ser muy felices. ¿Y sabes lo que decía? Que si en el mundo reinase la inocencia, todo sería lícito, incluso hacerlo con los animales. Luego se fue a la tienda. «Pórtate bien», me dijo antes de irse. «Y cuida bien de la casa, y sobre todo de los juguetes y de los cómics, que tú eres un poco torpe, y si juegas con ellos o los lees, mucho cuidado no vayas a estropearlos o a mancharlos, porque todos son únicos e irreemplazables.» Cuando se fue, yo no sabía qué hacer, si ponerme a llorar, o huir de allí para siempre, o ir a ver a mamá y contarle mis penas. Yo no quería por nada del mundo pasar otra noche como aquella. Iré a dar una vuelta y me lo pensaré, me dije. Lo primero que hice después de arreglarme fue buscar un poco de dinero, pero no lo encontré por ningún lado. Nada, ni siquiera un cuenco o un cestillo con monedas, como suele haber

en todas las casas. Pero lo peor vino luego, cuando quise salir y me encontré con que la puerta estaba atrancada y no se podía abrir. La puerta tenía muchos cerrojos, por el miedo que Horacio le tenía a los ladrones, y estaban todos echados, y por más que busqué, no encontré las llaves. Me sentí fatal, porque ya solo me quedaba la opción de ponerme a llorar. «¿Qué me está pasando?, ¿qué me está pasando?», me preguntaba, dando vueltas sin tino por la casa. Entonces se me ocurrió lo más fácil, que era llamar a Horacio y preguntarle dónde estaban las llaves y el dinero. «¿Para qué quieres el dinero?», me preguntó. «No lo sé», le dije, «por no salir sin dinero a la calle.» «¿Y adónde quieres ir?» «A ningún sitio, a dar un paseo.» Horacio se echó a reír de muy buena gana y dijo: «Pero, niña, ¿cómo vas a salir si estás prisionera?». «¿Cómo que prisionera?» «Pues claro», dijo él, «como cuando en la oca caes en la cárcel o en el pozo. Ahora estás prisionera y no puedes salir. Son las reglas del juego.» ¡Ay, Aurorita!, yo era entonces tan infantil, tan ignorante, y me sentía tan indefensa, que no supe qué decir. «Luego iré a liberarte», dijo Horacio. Y, en efecto, hacia las doce de la mañana oí el concierto de cerrojos, y su voz de ogro, que la imitaba muy bien, llamándome desde el pasillo: «¡Me huele a carne fresca! ¿Dónde está esta niña, que me la voy a comer cruda?». Y ya lo creo que me comió. Como los gallos a las gallinas. Yo estaba en la cocina, viendo qué había para comer, y por cierto, lo que había eran muchas conservas, cientos de latas, y mucho chocolate, y galletas de toda clase, y helados, y cantidades de chucherías... Bueno, pues allí mismo me pilló y me folló. Me levantó en vilo y me folló contra el frigorífico, a lo bestia, dando unas embestidas que las cosas del frigo sonaban y resonaban a ritmo todas a la vez.

—Nunca me imaginé que Horacio fuese un..., no sé, una especie de psicópata —dijo Aurora.

—Un psicópata y un degenerado. Fueron tres años horribles. Me pondría a contar y no acabaría nunca. Era insaciable. A todas horas, en cualquier parte y por todas partes. Por las buenas o por las malas. Muy rara era la noche que no me despertaba en pleno sueño porque él ya se me había subido encima y me tenía presa entre sus piernas. Y siempre con su voz melosa, y con lo del Paraíso y la inocencia. Recuerdo que un día llegó a casa con un juguete recién salido, una metralleta que hacía ratatatatá y que se iluminaba al disparar, y como entró con mucho sigilo y me pilló desprevenida, y como llevaba además una careta de Rambo, me dio un susto de muerte. «¡Voy a matarte!», gritó, y se puso a perseguirme por toda la casa. «¡Muerte!, ¡guerra!, ¡muerte!», gritaba, hasta que me arrinconó y me dijo: «¡Estás muerta, muerta!», y allí mismo, sin quitarse la careta y sin dejar de gritar cosas de muerte y de guerra, y sin dejar de disparar con la metralleta, me violó qué sé yo la de veces. Si me resistía era peor, porque eso a él lo ponía aún más bruto, y hasta me animaba: «¡Defiéndete, niña, defiéndete, que este es el juego de la guerra!». Y hablando de guerras y de desgracias, recuerdo que decía: «Vamos a poner el telediario, a ver qué ha pasado en el mundo». Y lo que él esperaba es que pasaran cosas malas, catástrofes, asesinatos, secuestros, guerras, accidentes de coche, porque eso lo excitaba, y me hacía el amor con el mando de televisión en la mano, congelando la imagen, o rebobinando, o buscando carnaza en otros canales. ¡Ah!, y también le gustaba mucho inventarse otras personalidades. «Imagínate que eres mi hermana», me decía. O que yo era mi madre, o su hija. O que yo era monja y él cura. O que yo estaba muerta y estábamos en la morgue. O que él, Horacio, no era mi marido sino mi amante, alguien que me gustara, o que me hubiera gustado alguna vez, y con quien le ponía los cuernos a él, a Horacio, y me interrogaba hasta encontrar a alguien apropiado para sus fantasías...

—Tenías que haberte negado a vivir con él, Sonia. Tenías que haber ido a la policía.

—Tienes razón, Aurora, pero eso lo supe después, no entonces. Yo creía que las cosas entre maridos y esposas eran más o menos así. Y además yo le tenía mucho miedo a Horacio. Verdadero terror. A veces me miraba..., no sé, así como de perfil, en plan mafioso, durante un buen rato, y luego me decía, por ejemplo: «¿No tienes nada que contarme?», y lo decía de tal modo que, si le respondías que no, quedaba en el aire la sospecha de que le habías dicho una mentira. O, sin venir a cuento, a lo mejor decía: «Cuidadito con lo que haces», o «No se te ocurra hacer alguna tontería». Parece mentira, pero yo vivía con miedo a equivocarme, y llena de culpas imaginarias. Recuerdo que un día me desnudó en la cama y me estuvo mirando durante mucho tiempo, y al final dijo: «Una mujer desnuda es como un truco de magia desvelado», y me tiró el pijama con un gesto de desprecio. «Cúbrete, anda, cúbrete», me dijo, como si le diera lástima.

—¿Y no te dejaba salir de casa?

—Sola, casi nunca. Me decía que en casa tenía todo lo que necesitaba para ser feliz, y que la calle estaba llena de peligros. Además, tenía que quedarme porque, según él, iban a traer un paquete, o una carta certificada, y era muy importante recibirla en el día. Siempre había un envío urgente a punto de llegar. Y es verdad, el envío terminaba llegando, pero era porque él se lo mandaba a sí mismo. Pero es que, por otra parte, el que él me sacara de casa o me diera permiso para ir yo sola, por ejemplo al cine o a comprar algo, o el tener o no dinero, dependía de cómo me portara yo con él. Si me portaba mal, me castigaba, aunque nunca me lo decía claramente.

—¿Cómo que te castigaba?

—Sí, cuando me resistía a sus caprichos, o no hacía las cosas como a él le gustaban. Una vez, por ejemplo, me dijo: «¿Quieres que te diga un secreto?». «Bueno», le dije yo. «Pues que me encantaría verte hacer caquita. Quiero ver tu caquita. Anda, niña, no seas mala, déjame verla, no le quites a tu esposo ese antojo.» Yo le dije que no, que de ninguna manera, y lo llamé asqueroso. «Eres mi esposa», dijo él, y me habló del Paraíso, y de la inocencia, y de que el pecado no existía, que era un invento de los curas y de los políticos para tenernos sojuzgados. Pero como seguí negándome, al otro día me dijo que tenía que quedarme en casa porque iba a venir un mensajero. Y ese día fueron muchos días, todos los días que él quiso. Y además me castigó sin televisión. Le quitó una pieza al televisor para que no pudiera verla. No me decía que estaba castigada, pero yo sé que lo estaba. Y a veces, y eso era casi lo peor, yo no sabía si estaba castigada o no. Eso lo tenía que adivinar yo por mi cuenta.

—¿Y qué hacías en casa todo el día?

—Estudiaba inglés, leía, escuchaba la radio, me aburría, lloraba, dormía...

—¿Y las cosas de la casa?

—Eso a él le daba igual. Comíamos conservas, o bien él traía comida preparada, casi siempre pizzas o hamburguesas, y una mujer de su confianza venía a limpiar la casa una vez por semana. Era una señora mayor, que nunca hablaba, y de la que yo nunca supe nada, ni siquiera su nombre. Yo creía incluso que era sorda, o retrasada mental, porque si le preguntabas algo, te miraba sin comprender, como si le hablaras en chino.

—¿Y nunca se te ocurrió contarle a mamá lo que te pasaba?

—Yo con mamá nunca tuve confianza, y menos para contarle algo así. Y además, ¿qué me iba a decir ella? Mamá siempre ha pensado que las mujeres hemos nacido para sufrir. Y, por otro lado, no me hubiera creído. Para ella, Horacio era el hombre más bueno y educado del mundo. Hablaban casi todos los días, o por teléfono o porque él iba a verla, y Horacio tenía muchos detalles con mamá. Le hacía regalos, si había algún papeleo o alguna avería en casa, él se encargaba de arreglarlo, si tenía que ir al médico, él la acompañaba, la ayudaba en los gastos, y estaba siempre pendiente de ella. Los domingos íbamos a comer a casa de mamá, o la llevábamos a algún restaurante, y había que ver cómo se miraban, qué de cortesías y miramientos tenían entre ellos, y viendo a Horacio, su conducta, sus modos, ¿quién iba a pensar que era un déspota y un pervertido? Mamá y yo hablábamos poco, pero ella siempre aprovechaba para darme buenos consejos, que me portase bien con Horacio, que lo agradase en todo, que no le llevase nunca la contraria, que fuese cariñosa y solícita con él. Así que, de haberle contado algo malo sobre Horacio, no me hubiese creído. Es más, cuando ayer se lo conté, estoy segura de que no me creyó. Al revés, pensaría que me lo había inventado por el gusto de vengarme y de hacerla sufrir. De hecho, Horacio mismo, si yo lo contrariaba en algo, me decía: «Se lo diré a mamá. Le diré que eres una niña mala, una mala esposa y una mala hija». Así que a saber qué es lo que hablarían de mí entre ellos dos.

—Y eras solo una niña —dijo Aurora—. No sé cómo pudiste aguantar así tanto tiempo.

—Pues por eso, porque era una niña. Y también porque enseguida me quedé embarazada de Eva. Cuando estuve de cinco o seis meses, él me dijo: «No es bueno que estés sola en casa. Le diré a Dorita que se venga a vivir con nosotros, y así cuidará de ti y te acompañará durante el embarazo». Dorita era una empleada de la juguetería. Allí trabajaban un hombre viejo y seis mujeres jóvenes, y Dorita era la más joven de todas, más joven aún que yo. Era menudita, y con un aspecto lánguido e ingenuo, o más bien bobalicón. Andaba siempre con la boca entreabierta, como si viviera en un continuo estado de pasmo. En cuanto la vi lo supe. Yo fui muy pocas veces a la juguetería, pero la primera vez que fui, nada más ver cómo bajó los ojos al mirarme, a la vez que se ponía roja como un tomate, yo enseguida supe que estaba liada con Horacio. Debía de hacerle el amor en la trastienda, como también me lo hizo a mí las cuatro o cinco veces que estuve allí con él, y supongo que también a Andrea, y no sé si también a otras dependientas. Pero a mí eso no me importaba, como tampoco me importaba que se fuera de putas y de putos, porque yo sé que él era bisexual y que frecuentaba los burdeles; al revés, cuanto más follara fuera de casa, menos guerra me daría a mí. Total, que se trajo a Dorita a casa. Como a mí, la llamaba «niña», y cuando estábamos las dos, nos llamaba «mis niñas». Dorita era como esos perros maltratados que tienen miedo a todo, incluso a las caricias, porque no se fían de nadie ni se creen merecedores de nada. Por más que quise intimar con ella, no hubo forma. Si le preguntabas, ella respondía con evasivas, o se encomendaba al asombro, como si no entendiese la pregunta. Se asustaba por nada, y se pasaba el tiempo deambulando como un fantasma por la casa. Horacio le había preparado una habitación en algún lugar de aquel piso enorme, y que tenía tantos recovecos que yo creo que nunca llegué a conocerlo del todo. En aquella especie de laberinto, parecíamos los tres el minotauro y las doncellas. Así que apenas llegué a saber nada de Dorita. Cuando estábamos juntas, no se atrevía a mirarme, y solo a hurtadillas. Una vez que la sorprendí mirándome fijamente, le pregunté: «¿Qué miras, Dorita?». Ella se ruborizó y, con la mirada baja, me dijo: «Que es usted muy guapa, señora». A mí me emocionó aquello, y le dije que ella era también muy atractiva, porque es verdad que, aunque no era guapa, tenía el encanto de la inocencia y de la edad, y de su aire pánfilo y triste, y un no sé qué de misterioso que había en ella. Era muy poquita cosa, como una lagartijita, y siempre estaba ausente, perdida a saber en qué fantasías o en qué recuerdos. De vez en cuando se sorbía los mocos, de tan simple y cándida que era. «¿Quieres que veamos la televisión?», «¿Quieres que juguemos al parchís?», «¿Te apetece comer algo?», le preguntaba, y Dorita: «Lo que usted diga, señora», y nunca conseguí que me llamara por mi nombre o que tomase alguna iniciativa. Solo llegué a saber que tenía quince años, que llevaba un año de aprendiza en la juguetería, que era huérfana, y que vivía con unos parientes lejanos. «¿Y qué tal te trata Horacio?», le pregunté una vez, y ella se puso muy nerviosa y contestó moviendo todo el cuerpo, a saber qué querría decir... ¡Pobre Dorita! No he conocido nunca a una criatura más miedosa y desamparada que ella.

—¿Y cuando estaba en casa Horacio?

—Pues ya te puedes imaginar. Me hacía caricias, no del todo inocentes, delante de ella, y a ella delante de mí. Eso para empezar. «Tenemos que querernos mucho unos a otros», decía. «No hay más Dios que el amor.» Cuando veíamos los tres la televisión, los tres en el sofá, él se sentaba en medio, y a veces nos echaba la mano por el hombro y nos atraía contra su pecho. «¡Ay, mis niñas, mis pobres y preciosas niñas!», decía. Y por las noches, claro está, iba a visitarla a su habitación. Yo lo sentía por Dorita, porque a mí me daba igual lo que él hiciera. ¡Ojalá se canse de mí y me deje vivir en paz!, pensaba yo a menudo. Pero no se cansaba. Ni de mí ni de Dorita. Iba y venía de una cama a otra, sin cansarse nunca de hacernos el amor y todas las guarrerías imaginables.

—¿Y nunca hablaste con él, al menos para que supiese que tú sabías lo que estaba pasando?

—No, ¿para qué? Me hubiera dicho lo del Paraíso y la inocencia, y además ya te he dicho que a mí me daba igual lo que él hiciera. Fíjate hasta qué punto a mí me daba todo igual. Una noche me desperté y descubrí que Dorita estaba en la cama con nosotros. Estábamos los tres en la cama, y los tres desnudos, porque yo tanteé con una mano para comprobar que no estaba soñando. ¿Y sabes lo que hice? Nada. Y es que yo estaba muy cansada, pero no de esa noche sino de todos los días y las noches que llevaba viviendo con Horacio. Menos el hijo que venía de camino, lo demás no me importaba nada. Así que lo único que hice fue buscar mi pijama y vestirme. Estuve un rato despierta, tumbada junto a ellos y viendo las estrellas fosforescentes del techo, pensando en lo rara que era mi vida y en lo desgraciada que era yo, y preguntándome si ya no habría para mí otro destino que ese, vivir ya para siempre en esa casa con Horacio, tener hijos, envejecer, y recordar con espanto los tiempos en que yo era niña y soñaba con estudiar, aprender idiomas y viajar por el mundo, libre como un pájaro. Luego me levanté, agarré una manta y me fui a dormir al salón. Horacio intentó convencerme para que durmiéramos los tres juntos, que así eran las cosas antiguamente, en los tiempos de la inocencia, cuando aún no existía el pecado, y que había que compartir el amor con los demás, pero yo me negué, y debí de hacerlo con tanta convicción, y con tan pocas y exactas palabras, que él se quedó pálido de ira, y solo me dijo: «Eres mala. Eres una niña mala, y algún día lo has de pagar». Desde esa noche, yo dormía en el sofá, él en la cama y Dorita en su cuarto. Y así y todo, a punto de parir como estaba, no había noche que no viniera al sofá a cobrarse sus derechos de esposo.

—¿Y es verdad que mamá no te dijo nada al contarle esas cosas?

—Nada. Me escuchó como una esfinge, y solo se le traslució el alma en una convulsión nerviosa que le entró en una comisura de los labios, y que no conseguía controlar. Y seguí contándole que cuando nació Eva, Dorita se quedó en casa de niñera. «Sí, Dorita», le dije, «esa muchacha a la que tú alababas tanto, y no por sus cualidades, porque carecía de ellas, sino porque Horacio la había elegido para mí, para que me sirviera, como a una señora, y me decías: "Ya ves la suerte que tienes de haberte casado con Horacio".» Por mi parte, como le conté a mamá y te lo cuento a ti, seguí durmiendo en el sofá, y Dorita a veces dormía en la cama con Horacio y yo los oía trajinar por la noche, y detrás de Eva llegó Azucena, y aunque yo tenía ya decidido separarme de Horacio, si no lo hice fue por las niñas, solo por eso, y lo demás me daba igual. Hasta que un día sorprendí a Horacio y a Dorita bañándose con las niñas. Horacio estaba empalmado y les enseñaba su cosa a las niñas como si fuese un juguete más entre los muchos juguetes que había en la bañera.

—¿Eso hacía? —a Aurora se le desgarró la voz.

—Sí, eso hacía, y ahí es cuando yo me convertí de repente en una mujer de verdad, en una persona adulta y dueña de sí misma, que tenía unas cuantas ideas claras y sabía muy bien cuál era su lugar en el mundo. Saqué a las niñas de la bañera, las sequé, las vestí, y luego fui a ver a Horacio y le dije: «A la próxima vez que te encuentre jugando con las niñas, te mato», y le mostré un cuchillo de los grandes que había cogido al pasar por la cocina sin siquiera pensarlo, como si fuese la mano la que por sí sola supiese cuál era su deber. Lo amenacé con denunciarlo y le pedí allí mismo el divorcio. En los días siguientes, hubo escenas violentas, hubo amenazas, intentos de reconciliación, promesas, y hubo un momento en que a Dorita le entró un ataque de histeria, y yo la abofeteé, como en las películas, y le ordené que abandonase de inmediato la casa.

—¿Y se fue? —preguntó Aurora.

—Vaya que si se fue. Agarró los cuatro pingos que tenía y se marchó encogida y llorando escaleras abajo.

—¿Y Horacio qué hizo?

—Se encaró conmigo. Se me plantó delante, temblando de ira, o quizá de miedo, y volvió a decirme: «Eres mala. Eres mala y...», pero no le dejé acabar la frase. Le arreé una bofetada con todas mis fuerzas, y me quedé asombrada de la cantidad de fuerza que había dentro de mí sin yo saberlo. Tanta que, para confirmarlo, le di otra bofetada, y si en la primera Horacio puso cara de incredulidad, en la segunda enterneció la mirada y sonrió como puede sonreír un bebé al que le hacen cosquillas. «¡Más, pégame más! Me lo merezco. ¡Por favor, pégame todo lo que quieras!», decía con un susurro apasionado.

—¿Y le pegaste?

—Ya lo creo que sí. Tenía muchas deudas que saldar con él, y ahí me salió de golpe todo el odio y el asco que le tenía desde la primera vez que lo vi. Me puse a darle bofetadas y puntapiés, él retrocediendo y yo tras él, y no sé cómo, de pronto me vi con una especie de látigo en la mano y vi a Horacio en el suelo, de rodillas, humillado, con el torso desnudo y la espalda ofrecida, y suplicándome que le pegara fuerte, que lo azotara sin piedad, que me cobrara todas las ofensas que me había hecho, y no dejaba de animarme para que lo castigara más y más. El látigo tenía unas bolitas de acero en las puntas, y yo le daba todo lo fuerte que podía, y lo llamaba sucio, degenerado, enfermo, cabrón, y venga a darle, y aún más fuerte y con más saña cuando me di cuenta de que el muy hijo de puta se estaba masturbando mientras me imploraba en un tono vicioso que le diera más fuerte y que siguiera insultándolo, y eso que tenía ya heridas sangrantes por toda la espalda.

—Es increíble lo que me cuentas. ¿Y las niñas?, ¿no estarían en casa?

—Las niñas estaban en la guardería. A partir de entonces no me separé ni un instante de ellas, y a los pocos días nos marchamos las tres a vivir a casa de mamá. Y esa es la historia, Aurorita. Podría contarte muchas más cosas, y algún día te las contaré, pero con esto ya es bastante para que sepas cómo fue mi matrimonio con Horacio.

—¿Y no le contaste nada a mamá? ¿Qué le dijiste cuando ella te preguntó por los motivos de la separación?

—Ni siquiera me preguntó por eso. Mamá dio por buenas las explicaciones de Horacio, que yo era caprichosa, que tenía la cabeza a pájaros y solo pensaba en estudiar y en viajar y en salir a la calle, que no cuidaba de la casa, que carecía de madurez y de espíritu de sacrificio, que era rebelde y desagradecida, que no soportaba a Dorita, que tenía celos de Dorita y creía que le era infiel con ella, y sobre todo que era una mentirosa, y que me inventaba cosas absurdas y horribles sobre él, sobre Horacio, por puro afán de odio y de venganza. Y eso era justo lo que mamá quería oír, porque pensaba que, en efecto, yo era rencorosa y vengativa, y no solo con Horacio sino también con ella. Así que entre los dos me hicieron un traje a la medida, se inventaron una historia contra la cual nada se podía hacer. Por eso me fui de la mercería al poco tiempo, porque era insoportable oírle todo el día a mamá su retahíla de reproches, y alabando además continuamente a Horacio por la paciencia que tenía conmigo, y lo mucho que había sufrido y seguía sufriendo por mi culpa.

Aurora suspiró, sin saber qué decir. No tenía ya palabras de ánimo y de consuelo.

—Así que ya te puedes imaginar con qué rabia y con qué placer le conté ayer a mamá la historia verdadera de Horacio. Y ella no dijo nada. Todo el rato miró con el gesto duro, impenetrable, y solo cuando al final le entró el tic en un rincón de la boca se le notó que algo se le estaba removiendo en el alma. Era la duda, que ya empezaba a remorderle la conciencia.

—¿Y cómo fue la despedida?

—Pues nada, cuando acabé de contar me levanté y le dije: «Ese es tu San Horacio y esos son sus milagros. Y ahora llámalo, a ver qué mentiras te cuenta, y qué le cuentas tú a él, y qué historia os inventáis entre los dos para que yo sea al final la mala y vosotros los buenos. Y en cuanto a mí, tú sabrás qué parte de culpa te toca en el fracaso de mi vida». Y me fui.

—Bueno, por lo menos al final lo has contado. Así te has quitado esa carga de encima.

—Es verdad. Pero también me he quedado como vacía. No sé si es bueno contar o no las cosas. No lo sé. Quizá hay historias que no deben contarse, asuntos del pasado que es mejor que sigan perteneciendo para siempre al pasado.

—Es difícil saberlo, pero ya está, ya pasó. Ahora solo te queda seguir adelante. ¿Sabes lo que más pena me da de todo? Lo de Roberto. ¡Estabas tan ilusionada, y se os veía tan felices...!

—Pues ya ves, y todo por la maldita fiesta. La vida es un asco. ¿Y ahora qué? ¿Qué puedo hacer ahora con mi vida? Estoy cansada de vivir. Miro al futuro y no veo nada, solo un vacío que se pierde en la niebla. ¡Qué vida tan absurda la mía!

—No digas eso, Sonia, ya verás como encuentras algo. Siempre se encuentra algo, algún buen motivo para recuperar las ganas de vivir.

—Fíjate, los desengañados de amor suelen hacer viajes para olvidar sus penas. Estoy harta de verlos en la agencia. Los reconozco nada más entrar. ¿Sabes? A lo mejor yo también me animo —y puso un deje burlón en la voz— a hacer el Camino de Santiago. Y a la vuelta, quizá me compro un perro.

Y las dos se echaron a reír.

—Eres un encanto, Aurorita. Un día tenemos que quedar y te cuento más cosas de mi vida. ¡No sabes lo que me alivia hablar contigo! Te quiero mucho. Dale un besito a Alicia.

16

Así que también Aurora tiene una historia que contar. Una historia que ha permanecido como aletargada hasta hoy, esperando un estímulo, una súbita brisa que avive las brasas hasta convertirlas en hoguera. Y ahora ya sabe con certeza que los relatos no son inocentes, no del todo inocentes, y que no es verdad que a las palabras se las lleve tan fácilmente el viento. No es verdad. Todo cuanto se dice queda ya dicho para siempre, y solo con la muerte se consuma por completo el olvido y se logra el silencio y, con él, la paz definitiva.

Hoy es jueves. Hace seis días que a Gabriel se le ocurrió organizarle una fiesta a mamá. Una fiesta donde todos pudieran perdonar y expiar sus faltas y errores y donde las ofensas y equívocos del pasado quedaran redimidos al fin. Pero Aurora ha perdido el sentido del tiempo y le parece que en estos seis días ha transcurrido una eternidad, como le pasó a Andrea cuando su madre la abandonó durante unos minutos, pero que para ella fueron años y años, tantos que de algún modo su madre no ha vuelto todavía, ni volverá jamás. Son historias, impresiones, conjeturas y sueños, que una vez que se encarnan y fraguan en palabras pasan ya a ser reales y, con el tiempo, invulnerables a toda controversia. Un día, no recuerda a cuento de qué, le dijo a Andrea: «Esa es la realidad», y Andrea replicó: «Pues entonces la realidad es mentira». Y quizá no le falta razón. Y es curioso, piensa Aurora, porque lo que el olvido destruye, a veces la memoria lo va reconstruyendo y acrecentando con noticias aportadas por la imaginación y la nostalgia, de modo que entonces se da la paradoja de que, cuanto mayor es el olvido, más rico y detallado es también el recuerdo.

Son retazos de ideas que divagan por la mente de Aurora y que ponen un nublado de cansancio en su rostro. Por un momento intenta perseguir y esclarecer esas vagas intuiciones sobre los espejismos de la memoria, pero el pensamiento da un enorme bostezo —lo siente físicamente— ante una tarea tan ardua, tan imposible acaso. «Estoy muy cansada», piensa, «y es la memoria la que no me deja descansar.» Mira los soles amarillos de los dibujos de los niños. La vida es hermosa. «Demasiado, demasiado hermosa.» Oye un grito infantil en la calle. «¡Alicia!», piensa. Y otra vez los recuerdos propios y ajenos comienzan a asaltarla y a torturarla como criaturas salidas de estampas infernales. Pero en ese instante una voz la devuelve de golpe a la realidad: «Doña Aurora, que son ya las ocho», dice el bedel desde la puerta apenas entreabierta. ¡Las ocho ya! ¡Qué tarde se ha hecho! Aurora recoge sus cosas, se pone el abrigo, y al accionar el móvil descubre con sorpresa que está apagado. Debió de apagarlo sin darse cuenta, o por el sabio instinto de la mano, tras hablar con Gabriel, y ahora entiende por qué no ha sonado durante tanto tiempo. No, no es que con el final aciago de la fiesta hayan cesado las historias y ya nadie tenga nada que contar. Al contrario, porque en la pantalla aparecen más de una docena de mensajes, correos y llamadas perdidas. «Pronto, pronto empezará otra vez a sonar.» Cierra los ojos para asumir lo que siente ya como una amenaza personal. Luego echa una última mirada al aula y apaga la luz. «Buenas noches, doña Aurora.» «Buenas noches.»

Está cayendo una lluvia menuda y helada. Aurora se recoge en su abrigo y camina sin prisas hacia la parada del autobús. La calle está desierta. Solo algunas siluetas apresuradas que se desvanecen enseguida en las sombras. Alrededor, los reflejos de las farolas en el suelo mojado, las ráfagas ocasionales de los coches, la luz de las ventanas: la vaga irradiación nocturna de la ciudad. Al pasar bajo una marquesina se detiene, saca un pañuelo del bolso, se lo pone sobre la cabeza y se lo anuda bajo la barbilla. En ese instante suena el teléfono. Suena como indignado, y a Aurora le recuerda los pasos recios de la madre cuando se acercaba amenazante con su maletín. Años y años llevan sonando esos pasos en la memoria de toda la familia. Es Gabriel, que espera, quizá también indignado, al otro lado de la línea. Aurora no tiene ganas de volver a casa, de tener que contar, sonreír, explicar, escuchar, y luego leer y oír todos los mensajes, y contestar y devolver todas las llamadas, y escuchar una vez más las confidencias de cada uno de los personajes de esta historia que no acabará nunca, las distintas versiones de cada episodio, con todas sus bifurcaciones y detalles, además de tener que comentar, comprender, moderar, orientar, consolar, condolerse, alegrarse, negociar los silencios, ofrecer consejos y esperanzas..., solo de pensarlo se siente agotada de antemano, incapaz de tanto, y con mucho sueño atrasado, como si llevase años sin dormir. La lluvia es menuda pero persistente. Para hacer tiempo, y acaso también por curiosidad, porque los relatos nos atrapan de tal modo que a veces no podemos ya vivir sin ellos, y quizá también porque siente la llamada imperiosa de la fatalidad, decide escuchar los mensajes del móvil.

Gabriel le cuenta que ahora las cosas van a ser distintas, que ha comprendido al fin la esencia de la vida, que la quiere mucho, más que nunca, y que justo ahora, después de tanto buscar en vano la sabiduría, es cuando empieza a ser sabio, un poquito sabio. «Ya te contaré. Además, tengo una sorpresa para ti y para Alicia, una sorpresa maravillosa, y estoy esperando que vengas para contártela, ya verás.» En otra llamada la anima a descubrir la sorpresa, aunque está seguro, dice, de que por mucho que diga no la acertará.

Sonia, con voz exaltada, le cuenta que Roberto la ha llamado, que se han concedido otra oportunidad y que quizá hagan juntos el Camino de Santiago. «Pero no sé si quiero volver con Roberto. Antes tengo que hablar con él. Tenemos mucho de qué hablar. Porque, haciendo memoria, yo también he descubierto cosas suyas, detalles, comentarios, que me gustaría aclarar... Ahora empiezo a darme cuenta de que Roberto a lo mejor no es exactamente el hombre que yo creía que era. Así que tengo mucho que contarte. Dime cuándo nos podemos ver para charlar con calma. ¡Ay, Aurorita, qué ganas tengo de verte y de contarte!»

Andrea la ha llamado tres veces y le ha puesto además un correo. Le dice que ha hablado con Horacio y que Horacio le ha aclarado toda la historia, y que incluso el propio Horacio quiere hablar con ella, con Aurora, para contársela personalmente, con todos sus pormenores y de tú a tú. «Si hay que decir la verdad, que se diga y se sepa toda la verdad. Sonia no podrá vivir nunca con un hombre porque los hombres le repugnan. ¿Y por qué? Porque Sonia en el fondo es lesbiana, como lo oyes, una lesbiana reprimida, y con tal de no admitirlo ni confesarlo se ha inventado todas esas historias fantásticas y absurdas. Es más, y esto me lo ha dicho Horacio, que lo sabe muy bien: secretamente, Sonia estaba enamorada de Dorita, y eso lo explica todo. Ya te contaré toda la historia.» Luego habla de sí misma, de cómo entre todos la han despedazado, y cómo ya no queda en ella nada por devorar. «Yo ya no espero nada», dice en otra llamada. «Ya ni siquiera pienso en la inmortalidad. Yo ya fui inmortal, y con una vez basta. Y la verdad, no me importaría nada volver a suicidarme.»

Hay también un mensaje de la madre, breve y compungido, apenas un susurro lloroso: «Aurora, hija, todos me han abandonado como a un perro. Ya solo me quedas tú, porque de Horacio ya no sé qué pensar. Llámame sin falta cuando puedas», y hay un largo y trémulo silencio antes de colgar.

Y por último escucha un mensaje de Horacio. Su voz está llena de la más grave dignidad: «Aurora, necesito urgentemente hablar contigo. Tú eres la mejor persona y la más juiciosa de toda la familia, y necesito que sepas quién es en verdad Sonia. Me lo he callado durante muchos años, pero ella misma me obliga ahora a sacarlo a la luz. Por mi honor y por el buen nombre de mis hijas. Y también Dorita, por cierto, quiere hablar contigo. Por favor, llámame en cuanto puedas. Gracias y un abrazo».

Quedan aún otros mensajes, pero ya los escuchará y los leerá luego, o quizá mañana, y ahora recuerda que tenía que haber comprado leche y pan para el desayuno de mañana, y al pensar en mañana, viernes para más señas, siente como un vértigo ante la inminencia inexorable del futuro, pero a la vez la imperiosa llamada de ese mismo futuro la obliga a reanudar la marcha bajo la lluvia porque el futuro está hacia allí, en esa dirección por donde ahora camina, acurrucada en su abrigo y con unas prisas que de pronto le parecen cómicas y absurdas. ¿Para qué tantas prisas? ¿Es que vas a llegar tarde a algún sitio o hay un tren que perder? El ciego instinto del futuro, sin embargo, la empuja a seguir adelante a buen paso. Llega a una calle ancha y bien iluminada, donde hay gente con ganas todavía de fiesta, algunos con disfraces, y algunos disfraces tan chistosos que a Aurora le dan ganas de preguntarles: «¡Eh, oiga!, ¿voy bien por aquí hacia el futuro?». Se siente ágil, liviana, como levantada en vilo por un repentino soplo de clarividencia. A salvo, ahora sí, de las aristas de la realidad. «¿Me habré vuelto ya loca?», piensa. Se detiene ante un semáforo, a pesar de que está franco el paso. Pero es que ahora ya no tiene prisa. Milagrosamente, el futuro ya no la apremia ni abruma con sus amenazas. Al revés, de pronto se presenta ante ella como un refugio idílico de paz. La misma clarividencia que la aligeró de cargas y de culpas y la invitó a remansar la marcha, le indica también el momento justo en que debe apresurarse por última vez hacia él, hacia el futuro acogedor. «Me siento peligrosa», piensa. Luego oye venir a gran velocidad por la calzada el luminoso estruendo, cada vez más y más cerca, hasta el instante exacto en que se dice: «¡Ahora!», y avanza con decisión hacia la otra orilla de sus días, donde la espera el silencio inmortal.